U0558496

白衣胜雪万里云

援助厄立特里亚医疗手记

中国第 11 批援厄立特里亚医疗队队长
郑 州 大 学 第 二 附 属 医 院 院 长

刘剑波　著

郑州大学出版社

图书在版编目(CIP) 数据

白衣胜雪万里云 : 援助厄立特里亚医疗手记 /
刘剑波著. -- 郑州 : 郑州大学出版社, 2024.1
ISBN 978-7-5773-0225-6

Ⅰ. ①白… Ⅱ. ①刘… Ⅲ. ①随笔—作品集
—中国—当代 Ⅳ. ①I267.1

中国国家版本馆CIP数据核字(2024)第048902号

白衣胜雪万里云 : 援助厄立特里亚医疗手记
BAIYI SHENGXUE WANLI YUN YUANZHU ELITELIYA YILIAO SHOUJI

策划编辑	陈文静	封面设计	苏永生
责任编辑	陈 思	版式设计	苏永生
责任校对	樊建伟	责任监制	李瑞卿

出版发行	郑州大学出版社	地 址	郑州市大学路40 号(450052)
出 版 人	孙保营	网 址	http: // www. zzup. cn
经 销	全国新华书店	发行电话	0371-66966070
印 刷	河南瑞之光印刷股份有限公司		
开 本	787 mm×1 092 mm 1 / 12		
印 张	17	字 数	270 千字
版 次	2024 年 1 月第 1 版	印 次	2024 年 1 月第 1 次印刷

书 号	ISBN 978-7-5773-0225-6	定 价	169. 00 元

本书如有印装质量问题, 请与本社联系调换。

历史蚌壳里的珍珠

——读刘剑波《白衣胜雪万里云——援助厄立特里亚医疗手记》有感

叶延滨

前些日子受邀到河南沈丘采风。秋高气爽日，风雅乡野行，留下了十分美好的记忆。沈丘地处豫东平原，物产丰富，民风淳朴，出了一位周兴嗣，写下一篇《千字文》。一篇短文，用一千个不同的汉字，普及了天文、地理、人伦、历史知识，竟然传之千载，在农耕文明时代，成为最广泛的孩童启蒙读本。出自南北朝时代来自沈丘官员之手的这篇《千字文》，成为农耕文明启蒙教育的经典文本。沈丘也以此为荣，发起各种征文活动，让老百姓动手写自己的生活，这是一件值得提倡的大好事。让我想到了来自民间的非专业文学的写作传统，从《诗经》中的"风"到唐诗中的"乐府"，从明清文人笔记，到五四以来的作家日记，来往客居甚至家庭开支，都因为接地气，留下了社会生活的真实印痕，成为历史蚌壳里的珍珠。

今天，我们生活在一个全新的时代，信息大爆炸，艺术生活也产业化、信息化，诗歌、散文、小说、戏剧、影视……纷至沓来，争夺着人们的闲暇时间，同时，网红、大V等发力，使许多作品成为快餐消费。在这种喧嚣热闹的文化潮流中，有一种百姓写作，以低调、安静、沉稳的方式，吸引了我的目光，那就是新时代的百姓写作潮，如打工诗歌、驻村笔记、援藏或援疆手记、援外随笔等。这些在各种网络、纸媒上发表，以及自印赠友传阅的百姓作品，因为亲身经历、接地气，更因为这些作者大多受过高等教育以及在各自专业有所建树，使读者读到这些作品，常为之感动。我相信，这类作品，有沈丘《千字文》的传统，更有百姓视角，非虚构记实体，为时代留下的印迹，引人关注，也值得倡导。

经朋友推荐，我有幸拜读医学教授刘剑波的文稿《白衣胜雪万里云——援助厄立特里亚医疗手记》，读后为之感动，欣然命笔，写下一点随想。

手记里的文字，均是日记体随笔，不长，典型的千字文。想来这是一位援外的医生，在繁忙的救治工作之余，挤出的时间，记下的真情，留下的实感。读了这些日记体的援外随笔，我深有感触。

这些援外的随笔，首先是一些生动的域外游记，可读性强，增长见识，是相当不错的游记短散文。

这些年来，中国的老百姓生活富裕，出国旅游是老百姓新的生活方式。然而，看世界、走天下，大多还是在发达国家或主要的风景观光国旅行，像厄立特里亚这样的非洲小国，鲜有介绍和报道。刘剑波教授作为一位援外的医疗专家，他用所见所闻，让我们了解一个陌生的国度："八月底来到厄特首都阿斯马拉时……经常停水、停电的消息，许多朋友都很关心地问，非洲那么热，停电了没有空调怎么办？……由于其独特地理特点，阿斯马拉没有春夏秋冬之分，全年每天气温都在 12~30 摄氏度……在雨季，几乎每天午后都会有一片乌云在城市的上空盘旋，偶尔还伴有雷声，不一会儿雨水就会如约而至。不过，这里每次降雨的时间并不长，一般持续 20 分钟左右。雨停之后，蓝天白云便会悄然而至。"这样的情景改变了我对非洲固有的印象。"在这个爱吃肉的国家，像其他节日一样，节前两天，阿斯马拉街头随处可见待售的羊群和赶着羊群的牧羊人，整座城市洋溢着一片祥和的节日气氛。"还有，"生活在这里，几乎每天都要面临着停电……为此，这里的人们想到了很多对付办法。家庭和单位几乎都备齐了充电器、应急灯、蓄电池、发电机等，各种蓄电设备应有尽有"。这些异国风情的描写，让我看到了一个真实的非洲小国，自然而亲切——经济尚落后，但平和安宁让这里也充满生活的向往。

刘教授是援外医疗队的专家，也是救死扶伤的医生。在这里，他每天和当地的老百姓打交道，看到了当地人真实的生活，了解他们的风俗人情，真正体现了国之交往在民心相通，他们是真正的民间外交家。这是刘教授 2018 年 1 月 1 日的日记：

新年第一天，做了一下简要总结。2017 年第 11 批援厄医疗队工作四个月以来的十件大事归纳如下。

1. 在入驻酒店举办了"今日中国"图片展，方便厄立特里亚人民进一步了解中国。

2. 采取多项举措，改善队员生活环境，提高生活质量，为更好地工作创造条件。

3. 中国驻厄经商参赞王利培、使馆杨子刚大使先后来医疗队驻地看望、慰问队员。

4. 参与和举办援厄医疗 20 周年纪念活动，再续中厄合作新篇章。

5. 到 Adi-Guadad 镇卫生中心义诊，为基层群众送医送药。

6. 到马萨瓦医院巡诊，内容丰富，硕果累累。

7. 郑州大学副校长谷振清率郑州大学代表团来厄看望、慰问医疗队队员，并与厄立特里亚卫生部部长、阿斯马拉卫生科学学院院长等洽谈合作与交流。

8. 定期举办"业务学习"和"沟通 了解 合作 共享"系列讲座。

9. 做好党的十九大精神等学习活动，做好党建工作。

10. "医术精湛，大爱无疆"，援厄医疗队被多家媒体报道。

2018，新起点，新征程，新目标，祝福大家，共同前行。

这样的日记，像个账本，记的是流水账，却生动地呈现了我们的援外专家和医生，在异国他乡所做的工作和他们生活的内容，真实，全面，精到，让他们的援外工作具体地呈现在读者的眼前。而这样的账本，补充以细节的记录更加生动感人：

崎岖不平，布满沙石，尘土飞扬；曲曲折折，没有花香野果鸟语浪漫；素面朝天，难找遮阳大树避风房屋……

……

不管风吹日晒，无论晴日雨天，他们每天穿着汗水浸透的衣服义无反顾地行走在这条小路上。几个月下来，他们脸晒红了，鞋磨破了，唯有一颗坚定执着的心，始终不变。

走在这条路上，伴随着顺利做完一台台手术、成功救治一个个患者带给他们的满足；走在这条路上，路边玩耍孩子童真的欢叫、擦肩而过行人热情的问候，坚定着他们继续走下去的信心……

这条路，犹如援非之路，曲折艰辛，而又充满收获。

说到"援外"，说到"一带一路"……这些新闻语言后面，是许许多多刘教授这样的中国援外工作者用心血和汗水铸就的。

刘教授写下的医疗队援外随笔，用一篇篇千字短文，记录了一个当代中国知识分子的医者仁心。同时，配发大量生动的援厄照片，让这些文字更加鲜活。这样的非虚构作品，不是出自作家、诗人之手，而是生活在一线的当代中国人亲历的生活记录、百姓心声。如同那些打工诗歌、驻村笔记、援藏或援疆手记一样，这些充满激情和真情的文字，记录下了刘教授和各行各业在基层工作的中国人，他们身逢中国百年复兴时代，用平实而沉稳的文字，写下他们忠于职守的使命感，爱国尽责的家国情怀。我相信，这些千字文虽然朴实无华，却是最真实的时代记录，也将如当年的唐代乐府诗和沈丘《千字文》一样，成为历史蚌壳里珍藏的珍珠。

作者简介

叶延滨，1948 年生，当代著名诗人、作家、文艺评论家。曾在四川省作家协会主办的《星星》诗刊杂志社任主编。1995 年调中国作家协会任《诗刊》副主编、常务副主编、主编。中国作家协会全国委员会委员，中国作家协会诗歌委员会主任，享受国务院特殊津贴专家，中国作家协会鲁迅文学奖（诗歌奖）一、二、三、四届评委会副主任。著有《叶延滨文集》等四十余部诗文集。其作品被翻译成多国文字，部分被选入中学、大学教材。

一本独特的带着温暖的书

——《白衣胜雪万里云——援助厄立特里亚医疗手记》

陆 健

看到刘剑波先生的《白衣胜雪万里云——援助厄立特里亚医疗手记》书稿，就有一种新鲜感。心说，这应该是一次"非虚构"的写作吧。如今的文学著作，无论小说、诗歌、散文，题材五花八门，语言天马行空，总有些让人不太踏实——这就是生活的样子吗？是以"原汁原味"的生活真实作为基础的写作吗？我们经常强调"原生态"，正是出于对部分所谓"作家"的写作伦理问题产生了质疑。我们应该在这个立场上，对《白衣胜雪万里云——援助厄立特里亚医疗手记》产生信任感。

作者以日记体的方式，记录了自己援非医疗一年中的所见所闻，这种个人化的视角，真实的描述，细腻的观察，身临其境的体验，作为了解非洲尤其是厄立特里亚的第一手资料，非常难得而珍贵——"反衬"中国现在的发展水平，"反观"中国当下学人对现实诸种状况的反思，非常有价值。

这部书稿使我想起河南的另一位作家、《颍河故事》《少林寺传奇》等电视连续剧的导演——都晓的一本纪实性很强的书《走进非洲》，这是他执导电视剧《走进非洲》的伴生产品。真的好巧啊，都是中国人在非洲的故事，都是中国医生在非洲的故事。

我确信，对于国内读者来说，这是展示一个熟悉又陌生的非洲的机会。大家是需要这本书的。对于因为跨境媒介信息交流相对匮乏所造成的、对非洲有着刻板印象的我们，对于信息茧房中自以为是的我们，是一次击打出呆板裂痕的机会。我们看到，从这个裂痕中透进了斑驳的光影，感受到不同民族的人们情感的温度。

它使我们看到自然环境恶劣、水资源匮乏、道路交通状况亟待改善、市场垄断、部分物品稀缺、物价昂贵、医疗落后等的环境现实。缺水、缺电、缺物资、交通不发达、上网条件差——这里是非洲，非洲的厄立特里亚。

如今的中国对于他们来说，可能已经成为"经济发达、物质丰富"的代名词，是他们向往的地方。厄立特里亚的孩子对中国有着远超其他国家的特殊热情。

我们看到，厄立特里亚地处东非，地理位置非常独特，东西南北中的不同宗教都穿流、汇聚于此，宗教在为人类创造"天堂"，而厄立特里亚似乎为宗教创造了"天堂"。由此可见，厄立特里亚人民具有极大的包容性，他们可以接受丰富与多元，对待宗教诚然也是如此。信仰不同宗教的民众之间，总能和谐共处，拥有不同信仰的宗教人士，可以自由恋爱和通婚。其中，或者说应该特别指出的，厄立特里亚对中国的文化特别有亲近感，文字与图片显示，当地孔子学院的学生朗诵中国诗人徐志摩的诗，用流利的中文表现他们热爱中国文化，对中国人的热情和友好。当然，同时也反衬出经济发展、国力增强后的中国，对于他们持续叠加的吸引力。

去非洲之前，亲人和朋友都关切地提醒作者，那里治安差，要注意安全，一定保护好自己。根据国内外许多以习惯性眼光对非洲的报道和传闻，"环境差、治安乱、民众素质低"云云，总之，是负面的，起码是灰色的。但作者所亲眼看到的和传闻中的反差很大。关于对非洲人的印象，他们不是被妖魔化的"野蛮的"，相反，他们展现了有素养、很友好、很有秩序的一面。这提醒我们：一些媒介，尤其是一些自媒体构建的"信息茧房"，可能会让我们成为只见树木不见森林的"井底之蛙"，并最终导致无理由的傲慢与偏见。一个现代中国人，需要"行万里路""耳听为虚、眼见为实"，放下成见，愿意看见，愿意承认，愿意付出自己的诚意。这本书让人反思物质生活和精神生活，并不是一个完全呈现正比的关系。甚至使我们沉思：无视协调、整体发展，过分追求"经济"和"速度"，是短视的行为，有时候反而会过犹不及。

作者笔下的非洲，一个自然环境恶劣、物质能源不足、国家财力困难的国家，却有着独特的人文景观。

在这儿，生活用水成了人们极大的奢侈品，当地居民想尽了一切办法为水而战。

在这儿，仙人掌的生长方式极其多样，五毛钱一个的仙人掌果是一种口感非常甜美的果实。

在这儿，亲朋见面时的礼节：握手、贴脸、搭肩、撞肩。不同礼节代表不同的关系——这种仪式体现了一种讲层次的、丰富的美。

在这儿，中国同行们的认知逐渐因为亲身经历、入乡随俗而改变，这里其实是"世界上最安全的国家之一"。

与国内看到的单调老气、松垮肥大、毫无美感的校服相比，当你看到阿斯马拉市中小学生简单、得体、令人眼前一亮的校服时，一定会给你留下深刻的印象。全市统一的小学生的绿色 T 恤，中学生的粉色、深红色 T 恤，在绿叶的陪衬下，漂浮和舞动在大街上，构成城市街头一道靓丽的风景——特别能代表非洲人民的素质和特色，充满活力和朝气。

国立奥罗特医院是厄立特里亚最大的综合性医院，但是，它在软硬件方面基本相当于中国 20 世纪 80 年代末的水平。医护人员书写的病历也非常随意、简单，却没有国内严重的形式主义和过多不必要的时间、精力浪费。当然，其中可能的原因和前提是这里呈现"待发展"状态。同时，这里没有"医闹"的发生，因为病人去世后，亲人都会到医院内的教堂祈祷，认为医生是仁义、仁慈的，他们尽力了。一切都是命运决定，天堂就是死者该去的地方。

任何事情都有利有弊——正是由于一些硬件的局限性，也倒逼和锻炼了厄立特里亚医生的临床基本素质和对病人病理现象综合分析的思考能力。总体感觉，不像国内一些医院在设法吸引病源、扩大规模、增加效益，甚至走上了过度检查、过度医疗之路，医生过分依赖于高精尖设备和药品，把追求和掌握最新技术作为个人未来发展方向。这里的医生包括实习生的理论基础和知识扎实，基本功多数比较过硬，确实需要我们国内同行思考、借鉴和学习。

本书以图文并茂的形式展现，有大量珍贵的、不可复得的照片。当然，因为现场光线度的问题等，有些精彩的地方没有被展现出来，或未能展现得更充分。但是，作者自己化身为移动的摄影机，在不影响本职工作的前提下，捕捉瞬间动态——以优美的文笔，细腻的描摹，让人读了文章后有身临其境的感觉，非常具有现场感。

这是一部能唤起读者新奇感的书。异域的风光、人文样貌，让我们体会到了不一样的生活场域、人文状况。

这是一部行动者的抒写。作者一边行医治病，一边记载。和那些"为赋新词强说愁"的所谓"创作"具有云泥之别。

这是一部奉献者的书，他的职责——甚至堪称"神圣职责"是"救援"。同时，他"罕见"地使我们感动地领略了这个过程，充满观察和爱心，充满了作为一个中国医生的自豪感。这就使《白衣胜雪万里云——援助厄立特里亚医疗手记》不仅具有文学价值，还兼有国家对外援助、交流的历史记载的史料价值。

我们应该由衷地感谢本书的作者刘剑波先生，向他致以敬意。

2023 年 12 月于北京

作者简介

陆健，祖籍陕西扶风，1956 年出生于河北沧州，在河南洛阳读完小学、中学，南阳插队 4 年半，1978 年考入北京广播学院（现中国传媒大学），在中央人民广播电台、河南省文联曾有任职。现为中国传媒大学教授、硕士研究生导师，中国作家协会会员，中国殷商文化学会会员，中国传媒大学书法学会副会长。曾出版文学著作 19 部，获多种文学奖，有作品被译为法、英、日文，有作品被收入《中华诗歌百年精华》等书。

自 序

　　有关非洲大陆的文章、书籍等，在市面上并不少见，但关于其中一个国家——厄立特里亚的记述为之寥寥，从某种程度而言，这是一个大家眼中的神秘国家。

　　2017 年 8 月，本人有幸作为中国第 11 批援厄立特里亚医疗队队长，和医疗队队员们一起，在这个神秘而又遥远的国家，度过了难忘且极其值得纪念的一年。其间，我利用工作之余对在此的生活、工作以及点滴感悟，做了一些简要的记录，这也是这本书的最初渊源。

　　厄立特里亚位于东非，国土面积 12.4 万平方公里，首都为阿斯马拉。厄立特里亚全国共有 6 个省，人口 670 万，曾经是意大利殖民地。厄立特里亚虽然信息闭塞、设施落后、资源贫瘠、人们生活艰苦，但是，拥有自身独特的历史、文化和自然资源特色。

　　在援厄立特里亚的一年时间里，本人亲身感受到中国作为一个负责任大国，把构建人类命运共同体作为自己国家的使命担当和崇高事业，树立了举世瞩目的世界形象。中国第 11 批援厄立特里亚医疗队的队员们，把个人命运融入国家使命，使"敬佑生命、救死扶伤、甘于奉献、大爱无疆"的医疗队精神体现在援助非洲的一言一行之中。

　　揭开厄立特里亚的神秘面纱，纪念一段难忘的人生经历，为需要的读者提供一些力所能及的帮助，弘扬中国援外医疗队大爱无疆的精神，这些，正是出版此书的目的。

　　本书的每一篇随笔，均是在当时当地艰苦的环境下记录下来的，其心拳拳，其意诚诚。然而，毕竟本人数十年的光景都是跟临床治疗打交道的，在写作、知识、视野、阅历等方面，都有一定的局限，这本书也会存在诸多方面的不足，恳请广大读者、方家批评指正。

2024 年 1 月

目 录

人文篇

洗车随感

第一次在非洲国家厄立特里亚首都阿斯马拉洗车，感受颇深。

第一，洗车店分工明确。洗车、购买配件，甚至配件安装在不同店里进行，分工巨细，所谓专业人做专业事吧。

第二，工作细致。一部车反复冲洗多遍，对各个部位均擦拭到位，甚至对空调出风口等缝隙都用刷子清扫一遍，对发动机等机器表面、空调滤芯也会冲洗，一部车洗完一般都会耗时半个小时以上。

第三，耐心敬业。工人耐心解决客人提出的各种问题，进行专业处理，并认真讲解。

第四，态度和蔼友好。工人对客人的要求从不拒绝，且认真去完成。这些真的值得我们国内众多行业的工作人员学习。

2017 年 9 月 9 日

欢度吉庆节

刚来厄立特里亚不久，就正好赶上该国以及邻国（埃塞俄比亚）的 Geez New Year（9月11日），中文译作"吉庆节"。刚听到这个名字，大家（包括我们的随队翻译，在国内是大学英文老师）都不知"Geez"是何意。

因为当地的网速实在太慢，为此，大家都在国内下载好的英文词典上查找半天，仍然一知半解。最后，好不容易经与厄立特里亚本地人了解才知道，"Geez"是纪年第一天的意思，相当于我们的农历新年。"Geez"是厄立特里亚早于提格雷尼亚语的一门小语种。

今年的节日正好是周一，全国从周六连放三天假。周六开始，就能见到大街小巷都是羊：有牵着羊的；有赶着羊群在路上等待顾客挑选的；有汽车车箱里拉着羊的；有自行车后座驮着羊的；还有肩背着羊骑车前行的……每家都要在节前杀羊以备作

年货。

　　节日的前一天晚上，过年的气氛达到了高潮。街上到处都是欢庆的人们，最有特色的是在一片空地上燃起一堆篝火，人们围在四周，轮流着从火焰上跳过，跳得越高，收获的喝彩声就越热烈。节日当天上午出去，可见到人们都穿着崭新的民族服装串门走亲戚，这情景就像中国的农历年。节日当天晚上出去散步，欢度节日的孩子或成群结队在小区里兴奋地嬉戏打闹；或排队在路上跳着、走着，用当地语喊着我们听不懂的口号；或三五成群在楼洞门口叽叽喳喳打闹，做着我们看不懂的游戏。当我们回到小区时，还见到几个少年在路边兴奋地交谈着什么。当我们远远向他们拍照时，他们友好地挥着手，用似是而非的中文向我们告别"再见"，然后几个孩子又双手高举摆出pose(姿势)高喊"anotherpicture(再来一张)"，完毕继续待在那里，依旧不肯回家……

2017 年 9 月 12 日

见面礼

初到厄立特里亚，感觉看到的许多事情都是新鲜的，今天就给大家介绍一下这里的见面礼，让大家初步了解一下这个国家。

在厄立特里亚，两人见面时的礼节通常有以下四种方式。

第一种是握手。这个估计是全世界最普遍、最简单和最能被接受的方式，也基本上是我们中国人见面时能够拉近感情、表达密切关系和亲近的最常用的一个礼节。

第二种是贴脸。两个人面对面站立，左右面部轮流轻轻接触三次。这也是大家比较熟悉的动作，相信许多人在影视作品里见过。

第三种是搭肩。见面时，两人都同时伸出自己的右手，轻轻搭在对方的左肩上，嘴里用当地语说一句："你好！"（图中右边这位哥们是我在商店买东西时遇到的老板，他亲自教我怎么做，但我实在记不住"你好"这个词怎么发音）。这个礼节是两个熟人街头偶遇时的表达方式，我看到的还真不多。这也是我第一次知道，不知是否有人见识过。

　　第四种就是撞肩。这个是我见到的印象最为深刻的一种，也是经常在街头见到的一种问候方式。两个熟人见面时，面对面均用自己的右肩碰撞对方的右肩，次数可以在 1~5 次，但大多数人只碰撞 3 次。碰撞的力量越大，说明两人的关系越亲密，当然我们看到的都是男性之间这样做。第一次看到这样的礼节时，感到非常有趣，后来在与他们国家卫生部一位司长见面时，我也尝试了一下，而且特别用力，逗得他哈哈大笑，一下子就拉近了距离。

　　厄立特里亚的这些礼节正是这个国家的人民纯朴和善良品质的真实表露。

2017 年 9 月 15 日

厄立特里亚婚礼

来到厄立特里亚尽管时间不长，却经常在周末街头看到一队队的婚车经过，也有幸见识了几次婚礼现场，因此对这一习俗有了初步了解。

刚到厄立特里亚，因需要等待新老两队交接，老队员还未撤离，新队员就需要住在阿斯马拉的帝国酒店里。我们抵达的当晚，恰好遇到了一场在此举办的婚宴。只见酒店的宴会厅里，宾朋满座，酒席足足摆了二十多桌，充满了喜庆气氛。据迎接我们的老队员介绍，如果我们进入现场，他们一定会非常高兴，并会敬酒同乐。

厄立特里亚的婚礼大多在周末进行，因此比较好的酒店几乎每周末都会有婚礼举行。和国内不同的是，这里的婚礼最大特点是要分两天举办。第一天是教堂婚礼，由新郎家庭主办；第二天则是传统婚礼仪式，由新娘家庭主办。

住在酒店的第一个周末下午，就再次遇到了一场婚礼。由于还有其他工作，我们晚到了现场一会儿，只观赏了部分婚礼过程。

婚礼现场，只见一个歌手站在一个临时搭建的小型舞台上，在乐队的伴奏下自弹自唱，尽情演唱着欢快的民族歌曲。舞台下面，一大群亲朋好友簇拥着新郎和新娘，热情地跳着蹦着，各自展示着自己的舞蹈才艺，达到高潮时，共同把新郎高高地举起。舞者的周围，现场的嘉宾非常配合地伴着节奏鼓掌，表达对新人的祝福。

仪式结束了，大家都走出酒店，长久地站在车旁与新人交谈，像是有说不尽的嘱托与叮咛……

2017 年 9 月 20 日

感受体检

　　在厄立特里亚开展工作，办理工作证和居住证是必不可少的，而体检结果又是办理这些证件时必须提供的。

　　按照该国规定，国外的体检结果不被认可，必须在此重新进行。包括我们在内的所有外来人员的体检，都被指定在一家规模中等、名为 Sembel hospital 的私立医院进行，而且项目仅包括医生主检、胸片和抽血化验三种。该医院就在我们驻地的小区内，于我们而言倒是非常方便。

　　由于劳工部通知我们确定体检的时间比较突然，我们上午将近十点才赶到医院。不像国内，该院的体检科没有单独设置地方，也没有单独的接待人员，主检医生也只有一个全科医生，所有的程序全靠我们的人员自行协调。

　　到达等候大厅，只见包括眼科、耳鼻喉科等在内的患者都安静地坐在大厅里候诊，只要一个患者进入诊室，后面的人就会从椅子上站起来，依次往前移动，秩序异常井然。

　　进入主检医生诊室，医生只是简单询问了一下病史，就让我们进入了下一个项目——拍胸片。

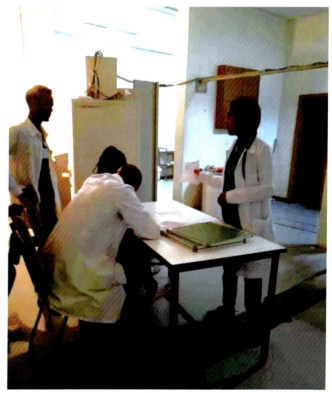

　　拍片室异常简陋，大门没有特有的加厚防护，几位年轻医生和可能是实习医生的人一直坐在里面，没有穿防护服，也没有佩戴射线计量计，泰然自若地依次为一个个前来体检的人员拍片，丝毫不觉危害的存

在。这样的场景让我们看后都大为吃惊，出于职业的敏感和责任，我在结束后又返了回去，告诉他们如何做才是最安全的，他们也感激地点头称谢。

最后来到检验科，两个年轻男性工作人员站立着，弯着腰为坐着的我们逐个抽血。他们先是用手直接从瓶子里取出酒精棉球消毒，结束后再用手取出棉球压迫针眼。除了两个队员重复了两次才抽血成功外，其他人还算顺利。总体感觉，要是在国内，这样的操作环节不知要被批评和整顿多少次了……

看来厄立特里亚的医疗条件和水平，确实有非常大的提升空间，我同时也为我国的医疗卫生事业取得的巨大成就而感到骄傲。

2017 年 9 月 21 日

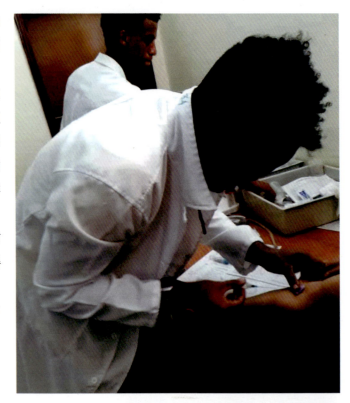

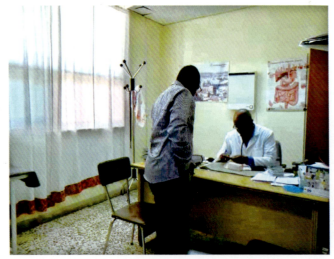

购物记

　　提到购物，人们自然会想到大型超市、百货商场等，只要有足够的时间和耐力，基本上都会买到自己所需要的东西，这为人们生活提供了极大的便利。但是，在阿斯马拉，没有这样的大型购物场所，如果想在一个地方购齐所有的物品，还真不是一件容易的事。

　　我们初到这里，当然要添置一些必要的生活和工作用品。一天下午，因为要为工作用车购买一个配件，我们几个人信心满满地早早就出发了，开始在市区边走边停边问，但是，直到下午五点钟仍一无所获。就在此时，一位热心的当地老人非常热情地带领我们去买，我们大为惊喜。但没想到，又折腾了半个小时，竟然把我们领到了毫不相干的两个商店，令我们大失所望。幸好又遇到一位热心的年轻人，带领我们找到了地方，原来这个店就在距离我们停车处不远。问好、买好、安装好，已经是华灯初上了。

　　在阿斯马拉，小型超市、文具店、照相馆等倒是随处可见。在市中心的一个巨大区域内，还分布着许多专业市场，如食品调料、厨具、小型家电、布料、汽车配件、五金交化等。这些市场硬件设施十分简

陋，有些是在整排砖砌的房屋内，有些是在四处通风的大棚中，有些干脆就在露天的空地上……而且这里卫生条件非常一般，狭窄拥挤，常常弥漫着刺鼻气味。时间久了，我们也就知道，买东西要到这些地方，不过需要多跑一些路。

　　这里的生活用品品种相对较少，比如蔬菜，日常能够买到的也就那么几种，中国人戏称为"四大金刚"，包括土豆、番茄、包菜和洋葱。如果你想在这里吃到国内的其他蔬菜，那就需要碰运气了。而且蔬菜

的形状也很有特点，如番茄都是长形的，蒜苗的直径可接近手腕粗……不仅如此，这里的物价更是出奇的高，简直令人咋舌，一般商品的价格都在我们国内的2～3倍以上。一斤猪肉折合人民币50元；鸡蛋不是按斤卖的，而是按个，每个3～4元人民币；一辆普通的自行车需要2000元左右人民币……有时，真不理解在这个平均收入1000～2000元人民币的城市，人们如何生活。

今天，经过杨子刚大使的介绍才知道，厄立特里亚的所有商品都是由红海公司独家垄断的，供应能力当然不足。而其他用品都要依靠私人回国时非常有限地带过来，这样无疑造成了商品紧缺，物价昂贵。

2017 年 10 月 2 日

教育一瞥

厄立特里亚的学制为学前教育 2 年，基础教育 8 年（其中小学 5 年、初中 3 年），高中 4 年，大学 4 年，高校还开设有硕士研究生课程、专科、进修班等。

厄立特里亚儿童在 4～6 岁接受学前教育，初中毕业后必须参加高中入学考试，只有考试合格才能进入高中学习，并不是所有初中毕业生都能够上高中。像我们国内一样，学生高中毕业后参加高考，合格者才能进入高校学习。目前厄立特里亚的高等院校仅有 7 所，因此，高校的入学考试竞争也十分激烈，这一点可能比我们国内更为残酷。但考生也不必过于担心，因为未进入高校的学生，可以进入 8 所各类职业学校或 19 个国家培训技术中心学习，国家将为他们提供为期 1 年的培训。

厄立特里亚小学的教学为母语（9 个民族 9 种语言），升入初中后开始使用英语教学。所以，我们从日常接触到人的英语水平，就可判断其是否受过良好教育。厄立特里亚实行从小学到大学的全免费教育，所有学生必须接受 8 年的基础教育，之后，如不能继续学业，则必须参加职业技能培训。通过这些举措，我们相信全厄立特里亚国民的整体素质一定会逐步提高。

在这里，小学生的校服分为绿色 T 恤、粉色 T 恤和深红色 T 恤。小学生为绿色，中学生则为粉色和深红色，全市统一。当你行走在路上，如果正巧赶上中午或下午中小学校放学，沿路都会见到这些身着各色校服的学生，他们是大街上最能代表非洲人民素质和特色、充满活力和朝气的元素。他们或成群结队行走，或三五人结伴骑车，或在公交车站等候，或安静交谈，或嬉戏打闹，或燕子般追逐，那情景就像一簇

簇娇艳欲滴、斑斓多彩的花朵，在绿叶的陪衬下，飘浮、舞动在大街上，那绝对是城市街头一道靓丽的风景，瞬间装扮了这个世界。如果看到了我们，他们更是兴奋异常，一个个做出活泼可爱的表情或姿势，让人看上去，满眼都是花朵般的笑脸和矫健灵动的身影。

2017 年 10 月 3 日

出行记

　　阿斯马拉的交通工具主要有几种：私家车、公交车、小巴士、出租车和自行车。由于市区人口只有 50 万左右，加上财政能力有限，目前还没有地铁。

　　虽然人们收入不高，但阿斯马拉的私家车数量绝对不少。尽管这里的大部分车辆都是六成新，且奔驰、宝马等名车仅仅偶尔可见。很多人对于这种很特殊的现象感到不解，其实除了这里部分人是富人，有能力购买之外，还跟海外"支援"有着密切关系。由于历史原因，目前厄立特里亚有近百万人迁居海外，他们经常能为国内的亲属提供巨大的财力支持。

　　阿斯马拉的公交车档次不一，绝大部分外观都是新的，个别则破旧不堪。让我们自豪的是，其中许多还是中国生产的金龙等品牌车辆，车上醒目的中文标志清晰可见。和我们国内许多城市一样，公交车也是阿斯马拉居民出行的主要交通工具，这一点可以从市区公交站点的数量和候车人数判断出来。这里的公交站点很多，基本上是一公里就设一个，每一个公交站点都有成群候车的人，在郊区站点，候车的人多得像赶集市一样热闹。

　　除了市中心总站外，阿斯马拉的每一个公交站点都有十个左右的座椅，供乘客等车时休息，座位上方还配有遮阳棚以供遮阳和避雨。在公交总站，由于人数太多，每个人都自觉地排着数十米之长的队伍，有秩序地、安静地等待着公交车的到来。在公交站点，椅子都被人们让给了老人、妇女和儿童，年轻人都习惯性地站在一旁等候。当公交车到达前，无论当时候车的有多少乘客，汽车驶离后，下面都会空空如也，每辆车上都挤得满满的。

　　阿斯马拉还有一种白色的小巴士，可容纳 20 人左右，它的路

　　除了超市、餐厅外，小区内还有一个中等规模的私立医院，患者不少，也是政府指定的体检医院。据说为了增加收入，阿斯马拉公立医院的许多医生通常下午都不到单位上班，而是到此坐诊了。

　　小区内还有一个在当地看来外观相当高档的学校，包括小学和初中，是阿斯马拉教学质量较好的名校之一。学校里面有足球场、篮球场、网球场等，这些不但是学生们的乐园，也是中资机构和企业人员周末或假期进行比赛、锻炼，增加友谊的场地。最让人心情舒畅的是，每到下午六点放学，数百名身着彩色校服的学生井然有序地从学校里"冒"出来，转眼间遍布四面八方，就像一朵朵游走着、涌动着的鲜花，一下子就让静谧的小区充满了生机。

2017 年 10 月 17 日

做客

来到厄立特里亚以后，有机会到几个当地人的家里做客，发现这里的待客习惯与中国还是有所不同。

和我们国内一样，厄立特里亚人民也非常欢迎客人到自己家里去做客。当你主动提出能否去他们家里时，他们会感到非常高兴，有时候也会主动邀请你到他们家里去。

当客人到来时，全家人会非常热情，主动在客厅门口迎接，请你就坐。全家人都会露面和你打招呼。等你落座后，他们也会主动问你是否喝水或咖啡，给你端来他们最喜欢喝但并不生产的印度茶，也会主动端来他们最爱吃也最贵重的小吃（如英吉拉）供你品尝。

聊天也一样，气氛非常融洽，大家可以随心所欲，聊家庭状况、个人爱好、风土人情等。

　　但是，厄立特里亚人送别客人时就有所区别了。当你主动告辞时，一家人都会站立起来一一与你握手告别，这些仅仅局限在房间内进行。除了有一个人送你到大门外，其他人不会把你送出房间，更不会像我们一样，全家人一起把你送出大门。

　　尽管厄立特里亚人对待客人不像中国人一样高接远送，但是他们的满满热忱，依然让我们感受到了万里之外如家般的温暖。

2017 年 10 月 21 日

办理驾照

　　来到厄立特里亚，因为许多事情都需要我们自己去做，所以汽车就必不可少。在为我们配备的五部汽车中，其中一部已经报废，另外一部也由于多个部位损坏而面临大修，所以，只有三部车作为我们日常工作和生活用车。

　　在这里，办理驾照的过程倒很简单，只要带上自己的国内驾照，到交通部门，经过填表、缴费等几个程序后，半天即可取到。

　　但是，当拿到驾照时，它的外观着实让我们大开眼界。作为非常严肃的一个证件，厄立特里亚的驾照竟然仅仅是用订书机钉上一张照片的白纸，其国家的经济发展水平由此可见一斑，不过，这也倒符合绿色环保的要求。

　　在办理驾照过程中，我们再次感受到了厄立特里亚人民的热情和友好。由于所填表格的语言是当地的提格雷尼亚语，这使我们顿时感到束手无策。看到此景，现场的当地群众主动过来替我们填表，帮我们顺利完成了这道程序。

2017 年 11 月 2 日

诗歌朗诵大赛

今天下午受邀到阿斯马拉大学孔子学院参加"厄立特里亚 2017 诗歌朗诵大赛"。

大赛由驻厄使馆、中资公司、中国医疗队的 5 名人员作为评委进行打分，共有 27 名厄立特里亚选手参加了中文诗歌和散文朗诵比赛。这些选手均为当地小学至大学的学生，其中年龄最小的选手在 10 岁左右。

选手选择参赛的内容包括了中国古代、近代和现代的诗词或散文，从毛泽东的《沁园春·雪》到徐志摩的《再别康桥》，都是人们熟知的作品。

在比赛现场，每一个选手都做了精心准备，他们一个个抑扬顿挫、声情并茂地朗诵着中国的文学作品，感染着现场的观众，让我们真心感受到了厄立特里亚青少年对中国文化的热爱。

2017 年 11 月 12 日

自行车运动王国

说到非洲的体育运动，很少有人知道，自行车比赛是厄立特里亚的"第一国民运动"，厄立特里亚也是非洲自行车运动发展最好、水平最高、曾经囊括多项非洲赛事冠军，并制造出了非洲质量最好赛车的国家。

在首都阿斯马拉的市区道路上，或远离首都崎岖不平、险峻曲折的山路上，时常见到成群结队、身穿五颜六色赛服、骑着赛车的青少年从身边经过。

作为世界上最贫穷的国家之一，厄立特里亚一辆普通自行车的价格都在 2000 元人民币左右，而赛车的价格更是远远超出居民平均 1000 多元的收入水平，一般在 1 万多元以上。但自行车运动如此普及的原因，除了其有悠久的历史和人民的热爱之外，主要是因为在这样一个多山国家，曲折惊险的盘山公路遍布全境，特别是从海拔 2400 米的首都阿斯马拉到令人震撼的非洲沙漠地带，直冲平原地区马萨瓦港红海岸边，不时与骆驼相遇的山路不仅陡峭，而且持续不断 180 度的急转弯，也为自行车运动爱好者提供了天

然的运动场地。

　　今年12月2日，在福建省开幕的环泉州湾国际公路自行车大赛中，作为唯一一支来自非洲的自行车队，由9人组成的厄立特里亚国家队飞抵泉州，其中6名运动员与其他职业选手一争高下，他们已经以自己的实力展现了厄立特里亚人的风采，实现了无数青少年的自行车国际比赛之梦。

2017年12月10日

医学教育

今天是中国第 11 批援厄医疗队举办的以"了解 沟通 合作 共享"为主题的系列讲座活动第三讲，邀请的主讲嘉宾是厄立特里亚最大的综合医院——国立奥罗特医院优秀的青年外科医生 Medhanie Haile。

他演讲的题目是《阿斯马拉，厄立特里亚，奥罗特医院和奥罗特医学院》。

Medhanie 医生 1985 年出生于埃塞俄比亚，1995 年来到厄立特里亚定居，2015 年毕业于奥罗特医学院，在厄立特里亚第三大城市 Keren "服务"两年后一直在奥罗特医院工作至今。不久之后，按照厄立特里亚国家的医生培养计划，他就要到苏丹接受住院医师培训，前途不可估量。

从今天他的演讲中，大家对平时在医院工

作中面对的有关医保、转诊中的许多问题有所了解，也明白了厄立特里亚医生晋职途径和办法。

让大家更感兴趣的是该国的医学教育。厄立特里亚的医学教育可谓入学门槛高，就读有淘汰。全国医学院校只有 1 所，每年招生仅 30～40 人。学制除了先读 1 年预科再选拔外，共有 6 年，属于典型的类似西方的精英教育。从课程设计来看，与中国明显不同，学习内容丰富，时间安排合理，如果学生经过努力最终能顺利毕业，则一定会为将来的临床工作打下非常牢固的基础。

从日常工作中接触到的他们的正规院校毕业的医生身上，我们能感受到，尽管医院条件有限，但是这些医生的理论基础扎实，解释问题对答如流，展示了其良好的教育背景，也彰显了国家在教育方面的高瞻远瞩。

2018 年 1 月 5 日

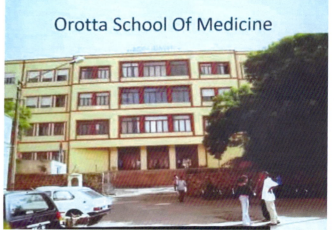

OROTTA Hospital System

Orotta School Of Medicine

Medical School

- **3rd year**: Semiology, community Medicine 1,2 & 3
- **4th year**: Internal Medicine 1, Surgery 1, Gynecology and Obstetrics 1, Pediatrics 1
- **5th year**: Orthopedics, Ophthalmology, ENT, Dermatology, Community Medicine 4, and Part 2 of 4th year classes
- **6th year**: Internship
- **Graduation**

Medical school

- **Premedical School= 1 year** (College Chemistry, Biology, Calculus Math, English, Physics, Biostatistics, Psychology and Sociology)

- **1st year**: Anatomy 1&2 , Physiology 1&2, Embryology 1&2, Histology 1&2, Biochemistry1

- **2nd year**: Anatomy 3, Pathology, Pharmacology, Microbiology, Biochemistry 2, Parasitology,

和平共处的宗教信仰

1月11日，由中国第11批援厄医疗队举办的以"了解沟通 合作 共享"为主题的系列讲座活动第四讲开讲，邀请的主讲嘉宾是厄立特里亚一家国家级报刊的主编Mahamed NurYalia先生。他为大家演讲的题目是《厄立特里亚的宗教情况介绍》。

在厄立特里亚，不管是在首都阿斯马拉，还是其他地方，随处可见分属不同教派的教堂，真是一个名符其实的宗教大国。人们对宗教的向往与崇拜，超越了我们的想象。

厄立特里亚地处东非，地理位置非常独特，东西南北中的不同宗教汇聚于此，对社会造成影响。真可谓宗教为人类创造"天堂"，非洲则为宗教创造"天堂"。

在厄立特里亚的9个民族400多万人口中，基督教和伊斯兰教的信众基本各占一半，人数相当，另外还有其他一些教派。

在演讲中，Mahamed先生不无自豪地说，厄立特里亚人民具有极大的包容性，他们可以接受任何事物，对待宗教也是如此。信仰不同的宗教之间，相处和谐，历史上从来没有发生过斗争和冲突。

事实确实如此。就在阿斯马拉市中心，相距百米之内，同时坐落着东正教、伊斯兰教和天主教三座教堂，人们可以按照不同的信仰，进行自己的朝拜和宗教活动，成为阿斯马拉一个游客必访的著名景点，当然，这更代表着一种特有的文化现象。

在厄立特里亚，人民不但享有充分的个人宗教自由，同时，也不会排斥和干涉其他团体和个人的信仰。为此，Mahamed先生还举例说，在厄立特里亚人民争取国家和民族独立的战争时期，拥有不同信仰的宗教人士可以自由恋爱和通婚，人民团结一致，赢得了革

命斗争的最终胜利。

　　不但如此，厄立特里亚政府还颁布了相关法律，维护各种宗教的合法存在和信仰自由。宗教信仰为厄立特里亚人民了解外部世界，与自然沟通，遵循生活规律，指导人们生活，开启了另外一条道路。

2018 年 1 月 14 日

足球友谊赛

庆祝中国厄立特里亚建交 25 周年系列活动——足球比赛拉开序幕。

杨子刚大使和厄立特里亚体委主任参加开幕式，经商参赞王利培参加了首场比赛。

2018 年 4 月 4 日

篮球友谊赛

　　庆祝中国厄立特里亚建交 25 周年系列活动——篮球比赛今天开赛。

　　中方队员的拼搏精神，厄方队员的专业水平，中场休息时的文艺表演，多彩如画的天空和热情友好的观众等，为比赛增添了不少精彩，时刻吸引着大家的眼球。

2018 年 4 月 13 日

风筝节

中厄建交 25 周年纪念活动之一——由孔子学院主办的第二届风筝节开幕。开展这样的活动，最高兴的当然是当地的孩子了。

2018 年 5 月 5 日

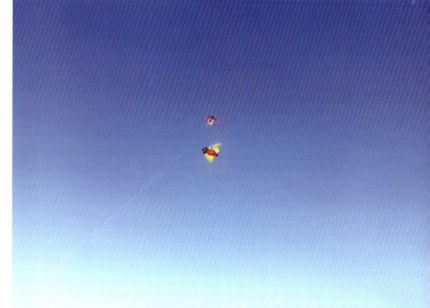

针灸"神奇术"

　　中国针灸治疗的奇效正在造福着无数厄立特里亚人。近日，厄立特里亚卫生部阿明娜部长、也门驻厄大使及其夫人等，也连续多次来中国援厄医疗队驻地，体验针灸的神奇魅力。

2018 年 5 月 11 日

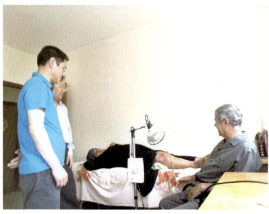

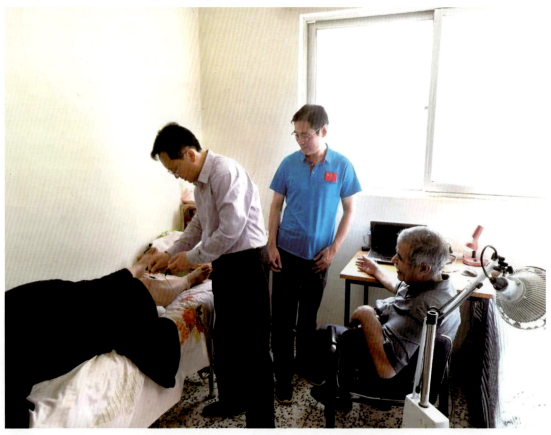

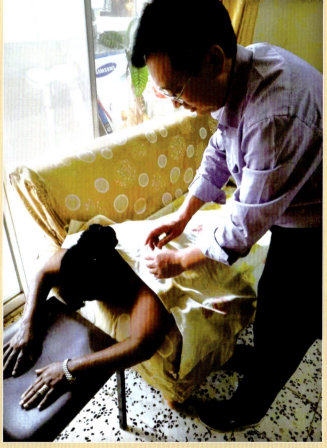

建交纪念日

中厄建交 25 周年暨中国驻厄使馆开馆招待会。绝对是驻厄第一使馆，真正的大国形象。

2018 年 5 月 13 日

独立日前夕

厄立特里亚的独立日前，迎接长达 1 周多的庆祝活动。

2018 年 5 月 19 日

汉语之桥

　　流利的中文演讲、内容丰富的知识问答、熟练的中国民族舞蹈和歌曲演唱、灵巧的中国书法和剪纸表演，这些中国独有的民族符号，无不展示着非洲人民对中华文化至诚的热爱。

　　第十一届"汉语桥"世界中学生汉语大赛厄立特里亚赛区预赛暨第五届厄立特里亚中文大赛决赛现场，共有 20 名中学生选手参与，获奖者将代表厄立特里亚参加今年秋季在中国云南举办的总决赛。

2018 年 7 月 3 日

地貌篇

首都阿斯马拉

厄立特里亚首都阿斯马拉的人口不到一百万，汽车的数量不算多也不算少。开车时，除了偶尔几个有限的交叉路口需要等待一两分钟外，基本没有堵车现象。和我们国内相比，仅仅这一点就已经足够让人舒心了，有路怒症的人在此绝对可以得到治愈。

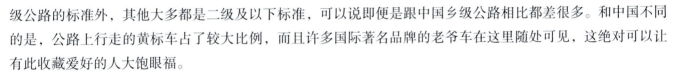

和非洲大部分国家一样，这里街头行走的汽车，丰田越野车和皮卡占了相当大的比例，推测原因除了车的质量被广泛认可外，与其道路大多质量较差、年久失修、崎岖不平有关。

事实也是如此，除了市中心有两条主要大道的主要路段能达到一级公路的标准外，其他大多都是二级及以下标准，可以说即便是跟中国乡级公路相比都差很多。和中国不同的是，公路上行走的黄标车占了较大比例，而且许多国际著名品牌的老爷车在这里随处可见，这绝对可以让有此收藏爱好的人大饱眼福。

不知为什么，阿斯马拉的道路基本都没有路名，如果你想到某一个地方办事或会面，除了多跑几趟熟记路线之外，几乎没有其他办法。这里的十字路口很少有红绿灯，由于国家电力紧张，个别路口即使设有红绿灯也基本是个摆设，几乎不通电，显示的永远是红色玻璃的颜色，人们也习惯了不看它的"脸色"通行。更

奇特的是，个别小路口的红绿灯居然是用硬皮纸糊在灯上，用彩色油漆涂成的红绿两色。

　　然而，厄立特里亚人民在交通方面的良好习惯和素质绝对值得称赞。在街头，随处可见安静地站着排着长队或坐在候车椅上耐心等待的人们，当公交车到达时，大家都缓缓依序而上，即便是最后车上塞得满满的，也绝不会有人争先恐后、蜂拥而上。在十字路口，绝对没有开车抢道现象，大家都异常礼貌，对行人的礼让程度甚至西方发达国家都赶不上，汽车行车也是后到者远远地停在原地等待，直到确认可以安全通过。

　　在这里，开车的人都严格地控制着自己的车速，大多在 50 码，从来不会因为有急事而横冲直撞。如果你因为不熟悉道路在前面开着车缓缓行走，无论跟在你后面的车排得有多长，大家都会善解人意似的静静地跟在你的后面，绝不会鸣笛催促你……

2017 年 9 月 13 日

水贵之城

东非国家厄立特里亚的首都阿斯马拉海拔2000多米，号称"云端上的城市"。这里风光旖旎，空气清新，温度适宜。

由于其海拔高，加上经济基础薄弱和技术缺乏等，它也是一个水资源严重不足的城市。

在这里，生活用水成了人们极大的奢饰品。包括家庭在内的自来水管几乎没有全天保障有水的，如果每次能正常开几个小时，人们就会抓住时机尽快打扫、清洗。据说前两年这里曾经停水的最长时间达到40多天，上一批医疗队经历的最长时间是18天。我们刚来这里不久，最长的时间是5天没有听到水管里的水声。

自来水停水和送水也不像我们国内一样有政府通告，可以说没有任何规律可循。水可能在半夜人们的梦乡中来，也可能在清晨人们的沉睡中来……而且，自来水管中的水由于含有大量的重金属，还并非饮用水，只能用作洗刷、洗澡等。

为此，当地居民想尽了一切办法为水而"战"。在这里，你可以在居民楼上、别墅院内、单位房顶等见到各式各样的储水罐。街道上时常有拉水车辆奔跑着，为单位和居民运送饮用水。超市里除了出售各种水果、蔬菜和生

活用品外，地面上还摆满了大小不同的塑料水桶，供居民购买。小区里，时常可以见到大人和孩子提着刚刚买来的水桶；家家户户都会买上几个大水桶，放在不同的位置，抓住来水的机会接满待用……

2017 年 9 月 17 日

咖啡湖之行

今天是星期天。自从医疗队刚到厄立特里亚，在使馆经商处专门为我们举行的欢迎晚会上短暂接触之后，再未与阿斯马拉大学孔子学院王晓华院长见面。上周四我和翻译等人又专程前往，与她探讨我们之间如何开展合作等问题。因为在国内出发前已经从前几批医疗队员的微信中了解到，厄立特里亚仅有的这两家中资机构关系非常好，两家相互帮助，优势互补，为中厄友谊和文化交流做出了许多事情。

没想到，一天之后，王院长就专门打来电话，希望利用周日休息时间双方共同外出，边郊游边交流。

按照计划，早上八点出发，我们第一次在他们的带领下，双方近 30 人一起驱车前往一个被称为"咖啡湖"的地方。

"咖啡湖"名称的由来我们不得而知，它距离市区大约 20 分钟的车程，是一个自然形成的面积不大的湖泊，周围有一片小树林和海拔不高的丘陵。

　　湖泊水不深，水面清净，竟然还看到几个当地青年男子在赤身洗澡，教儿童游泳。见到我们，他们毫不惊奇，还友好地在对岸与我们打招呼并朝我们游来，请求拍照。

　　咖啡湖边的山坡上，长满了各种植物，特别是茂密的最具非洲特色的巨型仙人掌和芦荟丛最为吸引眼球。机会难得，大家纷纷拍照留念。

　　小树林里，不时有一拨一拨的当地人成群赶来欢度周末，有家人、有朋友、有同学……有的在此野餐，有的在此聚会，有的在此跳舞，还有的在此踢球……看到这么多中国人，他们都非常热情而又友好地搭讪，邀请我们品尝食物，提议共同活动。

　　此情此景，不由让人想起了周末郑州黄河大堤旁的小树林，看来人们业余时间放松一下心情的方式何其相似……

2017 年 9 月 17 日

美味仙人掌

关于厄立特里亚哪些特色植物最有代表性，大家众说纷纭，但是，仙人掌无疑给初到这里的人们留下极其深刻的印象。

在这里，无论在小区还是在路边，或是在野外，不同种类的仙人树、仙人柱、仙人球以各种"造型"出现在你的面前，让你不得不把它永远留在脑海里——特别是在空旷之处，俯首皆是的仙人掌，时刻在提醒你，你已经来到了遥远的非洲……

仙人掌的生长方式极其多样：贫瘠荒凉的土壤里，乱石成堆的石缝中，紫外线强烈的阳光下，杂草丛生的树荫旁……环境越是恶劣，仙人掌越是顽强。有的仅几支孤零零地生长在一旁，有的一大片稠密无边地占满了土地，还有的像篱笆墙一样护卫着农田或家园……

　　在厄立特里亚，仙人掌果更是非常独特的食物——在此不得不提，这是一种口感非常甜美的果实，吃起来细腻柔滑，慢慢嚼后伴着细细的小籽一块儿咽下去，让人顿感凉爽畅快。据说，它的最佳食用季节是每年的7月至9月。我们8月底赶到这里，恰好赶上，每天随处可见头顶、手捇或摆在地上出售五颜六色仙人掌果的儿童或少女。因为每个仙人掌果仅售1纳可法（相当于5角人民币），非常便宜，所以路人往往会随意走到跟前，一口气吃上几个。

2017 年 9 月 19 日

花之城

行走在厄立特里亚首都阿斯马拉的大街小巷里，就如同徜徉在花卉的海洋中。

阿斯马拉年平均气温在 17 摄氏度左右，4 月到 9 月为雨季，几乎每天下午四时左右，降雨都会如期而至，因而气候宜人，加上土地肥沃，非常适合各种植物生长。

阿斯马拉人民特别喜爱种花，随处可见居民们在自家围墙上种上自己喜爱的花卉，以花饰墙，用鲜花点缀自己的家园。这些鲜花品种多样、花色各异，有红色的、粉色的、黄色的、白色的……有的修剪齐整，有的成簇成丛，有的自然蔓延，形成一道道美丽的景观，不但可以为行人遮阳避雨，还能愉悦人们的心情。

阿斯马拉人民爱花，喜欢用鲜花装扮自己的生活，就如同热爱自己的国家。厄立特里亚共有九个民族，九个民族的服饰都有自己的特色，他们和谐相处，彼此尊重。

　　在非洲高原强烈的太阳光照射下，头顶上蔚蓝的天空、洁白的云团，与大地上色彩斑斓的民族服装、五颜六色的花朵融在一起，构成了一幅幅鲜艳的画卷，冲击着人们的视觉和心灵，经常会让人忍不住停下脚步，留连观看。

2017 年 9 月 22 日

两个小时，三个季节

　　八月底来到厄立特里亚首都阿斯马拉时，国内还是炎热的夏季，"秋老虎"正在发威。从微信朋友圈看到这里经常停水、停电的消息，许多朋友都很关心地问，非洲那么热，停电了没有空调怎么办？马上就要进入10月，国内已经是秋天，又有朋友好奇地问，你们那里现在也凉快了吧？

　　其实，从版图上看，厄立特里亚形似一个底在西北、头向东南方向斜挂着的漏斗，大致分为三个地理地貌区：一是东部红海沿岸，平均海拔499米，多为沙漠地带，土壤贫瘠。二是南部地区，即埃塞俄比亚高原向北的延伸部分，平均海拔1980米，气候温和，土地肥沃，雨量充沛。厄立特里亚首都阿斯马拉即位于这个地区。三是西部平原地区，平均海拔487米，气候干燥。

　　正是因为厄立特里亚多样的地貌特点，形成了其多样的气候差别。东部和南部炎热干燥，平均气温30摄氏度，最高可达50摄氏度，而地处中部的阿斯马拉气候凉爽，年平均气温只有17摄氏

度。如果在厄立特里亚旅游，巨大的温差和丰富的自然景观，使游客在数小时内就能领略到各种风光，因此，"两个小时，三个季节"已成为厄立特里亚旅游业的宣传标语。

正是由于其独特的地理特点，阿斯马拉没有春夏秋冬之分，全年每天气温都在 12~30 摄氏度，因此所有的房间都不需要安装空调。其中，4 月、5 月为小雨季，6 月至 9 月为大雨季。在雨季，几乎每天午后都会有一片乌云在城市的上空盘旋，偶尔还伴着雷声，不一会儿雨水就会如约而至。不过，这里每次降雨的时间并不长，一般持续 20 分钟左右。雨停之后，蓝天白云便会悄然而至，空气清新，阳光璀璨，令人神清气爽的好天气，又蹑手蹑脚地回到每一个人身边……

2017 年 9 月 23 日

路名变迁，历史"一斑"

查看阿斯马拉市的地图就能发现，市区的主干道并不多，就那么几条，其中最著名的是市中心一条仅有1千米长的解放大道。这条路宽阔整洁，人流不断，道路两边的建筑物鳞次栉比，各具艺术特色。除此之外，其他道路并未给人留下特别的印象。

初到时，一切都很陌生，为了方便记忆和辨别方向，我们有时就把这些大道戏称为郑州的金水路、桐柏路、花园路等。

时间久了，我们才知道，其实，阿斯马拉许多街道的命名都经历了不平凡的历史变迁，背后都在向人们诉说着这个国家和人民历经的磨难与奋斗史。

1889—1941年，阿斯马拉的街道以意大利领导人、将领、传教士等命名，如墨索里尼大道、但丁（著名诗人）大街。1941—1952年，英国击败意大利后开进阿斯马拉，将墨索里尼大道改名为意大利大道，其延伸路改名为罗马和米兰大道。1952—1991年，厄立特里亚与埃塞俄比亚结为联盟，1952年埃塞俄比亚皇帝海尔·塞拉西首访厄

立特里亚，为纪念此次访问，将意大利大道改为海尔·塞拉西一世大道，罗马和米兰大道改为亚的斯亚贝巴大道，并于 1953 年成立街道命名委员会，将 95% 左右带有意大利色彩的路名更改为具有埃塞俄比亚色彩的路名。厄立特里亚解放后，为独立而奋斗了百年的厄立特里亚人民终于有机会将街道改为自己风格的名称，比如解放大道就经历了前面所述的墨索里尼大道、意大利大道、海尔·塞拉西一世大道等。

　　了解了这些历史之后，再行走在这些平时已经习以为常的大道上，就像穿越在厄立特里亚人民数百年波澜壮阔斗争的历史长廊里，耳边仿佛不时响起当年战火的纷飞声和厄立特里亚人民为争取独立而奋斗的呐喊声，从而不由得让人肃然起敬。

2017 年 9 月 30 日

旧火车之旅

十一国庆期间，按照驻厄立特里亚使馆假期规定，我们放假五天。经他人推荐，我们决定乘坐一段从首都阿斯马拉到北红海省马萨瓦的意大利殖民期间修建使用目前早已停用的蒸汽机火车游览一下。

乘坐这个火车并不容易，需要提前一天写信申请，并保证人数在 20 人左右才能通过。好在驻厄立特里亚一家中资企业的贾总在此工作多年，熟悉流程，加上我们的队员人数正好接近，因此很顺利地帮我们办完了这些手续，并专门从公司抽调了两个女孩做我们的向导。

我们早上八点多钟就赶到了阿斯马拉已弃用的火车站，发现火车已经停在了那里。这列火车只有一个车头和一节车厢，乘客除了我们和一位专门为我们煮咖啡的女服务员之外，再无别人，真是一辆名副其实的专列。

这是大家第一次离开阿斯马拉，沿路的风景让大家大开眼界，对这个国家也有了更深刻的认识。

火车所经之处，大多是荒芜的原野、纵深的谷壑和草木稀疏的群山，让我们真正领略了非洲这个贫瘠之地。随着火车越走越远，一簇簇、一片片甚至漫山遍野的仙人掌不时从眼前掠过，上面挂满了密密麻麻的红色、黄色的仙人掌果，趁着中途休息，我们再次品尝了仙人掌果的美味。

群山的山坡上，或零星分布，或集中坐落着一些破旧不堪的简易民居，暴晒在刺眼的阳光下，却始终见不到水源，让人顿生一种莫名的怜悯。可能是很久都没有生人来到这种恶劣的环境了，看到缓慢行走经过的火车，特别是还有这么

多中国人坐在里面，途中零星出现的村民、铁路工人等纷纷
热情地招手示意。让人惊奇的是，不时还有一些军人在山坡
上连连招手，更有不少的女兵混在其中，羞怯地笑着，望着
我们。

　　途中，我们还有幸第一次品尝到了厄立特里亚这个非洲
最著名的咖啡之国生产的、在火车上现场煮制的咖啡。专门
随行进行火车管理的铁路经理端着刚煮好的、散发着清香的
咖啡，自豪地让我们品尝，整个车厢里充满了浓浓的、扑鼻
的咖啡香味。喝过后，我们都忍不住对这回味无穷的咖啡赞
不绝口。

2017 年 10 月 6 日

意大利"风情"

提起非洲历史，很多人都会想到残酷的奴役史和屈辱的殖民史。但是，厄立特里亚被意大利殖民的历史，很多人并不清楚。来到这里以后，我们发现厄立特里亚的许多建筑、交通和文化，无不深深地遗留着意大利殖民的烙印。

意大利于1869年不断向厄立特里亚推进，其间经历了三个时期：一是增加移民；二是军队、经济渗透，建立工业、农业和贸易；三是制定法律、政策。

单就经济活动方面，截至 1941 年，意大利在厄立特里亚铺设了 352 千米铁路，其中包括 125 千米是从首都阿斯马拉至另一省会，也是全国第二大城市和重要的港口城市——马萨瓦之间的铁路（现已停用，很有幸我们刚刚体验过）；修建了 710 千米连接全国主要城镇的全天候公路、1500 千米季节性公路，以及所经的隧道、桥梁等；建造了全长 71 千米连接阿斯马拉与马萨瓦，也是当时全世界最长的悬空索道缆车，每天可以运送货物 720 吨；引进了国际邮政等通信业务，建

立了 25 个邮局、67 个电报站、17 个电话站，铺设了 500 千米国内电报线路和 600 千米连接首都阿斯马拉与埃塞俄比亚首都亚的斯亚贝巴的线路；同时，还修建了现代化的、上述多次提及的港口马萨瓦港；等等。

如今，在阿斯马拉街头，到处都可见到至今仍在使用的意大利殖民时期的建筑物，如邮政局大楼、央行、商业银行、电影院、教育部大楼、信息部大楼、财政部大楼等，它们设计精美，造型时尚，坚固如初。我们在路上还不时会碰到一些老人，拿着印有墨索里尼头像的硬币，描述着它的价值，试图说服我们来兑换他们的货币。

2017 年 10 月 8 日

普希金雕像

　　俄国伟大诗人、作家普希金《假如生活欺骗了你》这首诗，许多人都曾把它作为自己的座右铭，伴随自己走过一段生命的征程。这样的一首诗，从某种意义而言，也成为中国一个时代的文化符号。

　　在厄立特里亚首都阿斯马拉，人物雕塑极为罕见，诗人普希金的雕像可以说是唯一一个。

　　建于 2009 年、矗立在阿斯马拉市中心普希金公园里的普希金雕像，已成为当地人引以为傲的景点之一。每当走过此地，当地人都会远远地、无不自豪地指着雕像向你介绍："See,Pushkin（看，普希金）。"

　　雕塑上雕刻着的人物简介和基石下被保护起来的、专门从俄罗斯普希金墓地取来的坟土，吸引着游人的目光。每当夜幕降临，市民们都会把此地作为休闲场所，孩子们也会在此嬉戏玩耍。

2017 年 11 月 22 日

巡诊之路

按照工作计划，每年中国援厄立特里亚医疗队都要到首都阿斯马拉之外的城市开展巡诊活动。

今天上午，经过与厄立特里亚卫生部沟通、协调，以及部长批示、通行手续办理、租车等工作之后，中国第 11 批医疗队正式出发，开赴厄立特里亚第二大城市、红海之滨的港口马萨瓦市进行为期 5 天的巡诊。

马萨瓦市距离首都约 70 千米，因为大部分为盘山公路，道路崎岖，因此实际距离为 110 千米，车速需要控制在 60 码左右，行程 2 个半小时。

首都阿斯马拉的海拔为 2000 多米，号称"云端之城"，马萨瓦的海拔仅为 1 米。平时身居阿斯马拉时，我们并没有感觉是在高原之上，今天的旅途才让我们真正体会到了两座城市的巨大落差。

汽车行走在盘山公路上，一个个陡峭的急转弯道，一次次沿着悬崖惊险的会车，低头望去车下荒芜的深谷，汽车自上向下时的俯冲，让人精神紧张、高

度集中。

　　"两个小时，三个季节"也是对这条特色鲜明的旅游线路的宣传口号。从年平均气温 20 多摄氏度的首都到 32 摄氏度的马萨瓦，仅仅 2 个多小时的路程，便可让人们真切地体会到春天、秋天和夏天三个季节，这种奇妙的感觉和迥异的景色，不禁让人大开眼界，大呼过瘾。

　　此刻，位居高原的首都阿斯马拉，依然晴空万里，田野一片菜绿草青，就像我们国内的秋天一般。行走约 1 小时之后，则可见到路边的草木山色处处生机盎然，一片大好春光。距马萨瓦约半个小时开始，温度开始逐渐升高，人体开始感觉燥热，荒凉贫瘠的戈壁一望无际，让人感觉俨然处在夏季。

2017 年 12 月 12 日

热城马萨瓦

中国医疗队之所以选择 12 月到马萨瓦进行巡诊，是有原因的。

提到马萨瓦这个城市，许多我们国内的人并不了解，但是，这里的人对它的第一印象就是"热"，真是以"热"著名。

马萨瓦位于红海之畔，1 月平均温度为 26 摄氏度，7 月平均温度为 35 摄氏度，全年平均温度为 30.2 摄氏度，夏天最高温度可达 55 摄氏度。可以说，几乎一年四季都是盛夏，是世界上最热的地区之一。因此，只有每年的 12 月和 1 月温度相对适宜，但每天的最高温度，仍然维持在 30 摄氏度以上。

此时，我们国内早已进入寒冬腊月，大部分地区尤其是北方，已经是寒意料峭、冷风刺骨，人们出行都身着厚厚的棉衣，而这里依旧是阵阵热风来袭，温

度维持在 33 摄氏度以上。

　　每天早上，如火的骄阳开始炙烤着大地，刺眼的阳光让人睁不开眼睛，短袖单衣依旧是大家的标配。行走在路上的人们脚步匆匆，街头的骆驼、牛羊都懒洋洋地提不起精神。这里大部分土地都是寸草不长的砂石，新鲜蔬菜是稀有之物，都依赖于从外地购买。

　　幸运的是，红海水温长年适宜游泳，借此巡诊机会，大家也都尽情享受了它的惬意。

　　一年四季，炎热干燥的信风从阿拉伯沙漠横扫过来，加之其海拔较低，又较少下雨，形成了马萨瓦城这样的气候特点。

2017 年 12 月 13 日

全国最大医院

国立奥罗特医院是厄立特里亚最大的综合性医院，其床位在 200 张左右。因为全国的整体经济水平较低，所以医院的设备、药品、技术等均相对缺乏且水平低。

我们发现奥罗特医院条件极其简陋：里面没有空气净化设施；它完全对外开放，外人（包括家属或其他工作人员）可以随意出入，且不用换用隔离服；医护人员工作时也不需要戴口罩、帽子和穿专用工作服……

在 ICU 这个专门治疗危重患者的病房，临床常规使用的药物绝大多数都是目前中国国药目录中最基本的，或由于不良反应过大国内早已不用的药物（如抗生素类的青霉素、庆大霉素等），甚至国内早已淘汰几十年的氯霉素还在使用，根本见不到泰能之类的抗生素。不过，这个现象也说明，由于没有抗生素滥用，虽然没有耐药监测数据可见，从临床效果也可看出，这里的细菌耐药发展较慢且水平较低。

ICU 的设备也极其有限。里面只有几台简陋的呼吸机、监护仪、除颤仪、静脉泵和多个床头接口都会漏气的中心供氧，而且这些基本是国际援助而来。ICU 没有吊塔、血气分析仪等，更谈不上连续性肾脏替代治疗（CRRT）、体外膜肺氧合（ECMO）等治疗使用的高档设备。全科室没有一台电脑，书写病历、处理医嘱等全靠手工进行，因此也就谈不上信息化建设。

可供医生诊治疾病参考的实验室化验项目也非常普通和有限，医生所开检查，基本都是血常规、尿常规、胸部 X 线检查等项目，可以说，这里的医疗水平，最多能和中国 20 世纪 80 年代末旗鼓相当。

ICU 的管理也非常特殊。只有 9 张床位规模的 ICU，除了外科术后转诊而来的患者由外科医生管理外（经常占 2~3 个），其他都由一个在此轮转的住院医生带领 2 个实习医生管理，且每 3 个月换班，没有本专业的固定医生。除此之外，一位年资较老的医生每周要来此查房 2 次进行指导。查房时，都会有一个管床护士陪同医生进行，并即时修改医嘱。

医护人员书写的病历也非常随意、简单，没有国内严重的形式主义。当然，其中可能的原因和前提是这里没有医闹的发生，因为患者去世后，亲人都会到医院内的教堂祈祷，认为一切都是命运决定，天堂就是逝者该去的地方。

任何事情都有利有弊。正是由于这些硬件的局限性，也倒逼和锻炼了厄立特里亚医生的临床基本素质和综合分析思考能力。总体感觉，不像我们国内的医疗体制逼迫一些医院设法吸引病源、扩大规模、增加效益，走上了过度检查、过度治疗之路，医生过分依赖于高尖设备和高档药品，把追求和掌握最新技术作

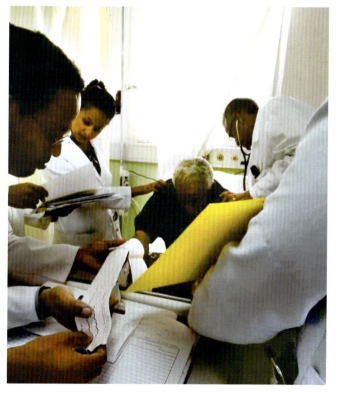

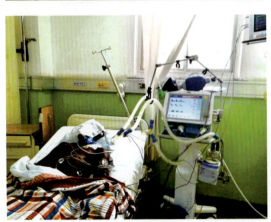

为个人未来发展方向，这里的医生包括实习生的基础理论和知识扎实，基本功过硬，确实需要国内同行思考、借鉴、加强和学习。

2018 年 2 月 1 日

交流篇

"一带一路"，大道之行

今天上午，有幸参加了在中国驻厄立特里亚大使馆举行的"一带一路倡议与中厄务实合作"论坛，收获颇丰，受益匪浅。

该论坛有包括厄立特里亚数十位部长和中方人员在内的50余位代表参加，由中国驻厄立特里亚使馆张飙参赞主持，杨子刚大使、经商参赞王利培分别讲话，厄立特里亚经济部长HAGOS也做了讲话。

习近平总书记在提出"一带一路"倡议后短短几年时间，已有100多个国家表达了支持和参与意愿，39个国家和国际组织签署了46个合作协议，中国企业已在20个国家建立了56个经济合作区，为所在国家提供了180 000个就业机会。

同样，在厄立特里亚，也活跃着上海外经、天津国际、孔子学院、中国医疗队等20余家中资机构和企业，他们为当地经济社会发展做出了重要贡献。特别自豪的是，我们医疗队入住后，通过我们的努力，也将

为厄立特里亚提供新的就业机会和税收收入，这也是我们落实共建"一带一路"倡议的新的成就。

　　会议上，中国交建、华为公司、中兴公司、孔子学院等9家代表分别介绍了他们在厄立特里亚及全球的工作情况及未来展望，让我们深受鼓舞，也深感"一带一路"倡议是真正的大道之行，我们也真真切切地感受到中国在国际上新的"朋友圈"正在形成。

2017年9月29日

万里之外的国庆

昨天晚上，在中国驻厄立特里亚大使馆举行"中华人民共和国成立68周年"招待会，厄立特里亚总统亲自到会场。

今日上午，杨子刚大使一行又亲临医疗队驻地进行慰问。

在万里之外欢度国庆节，真是"别有一番滋味在心头"。

2017 年 10 月 1 日

非常中秋

今天是中华民族的传统节日——中秋佳节，也是亲人团聚的时刻。作为远离家乡、身在海外的中国人，同胞们也借此机会欢聚一堂，共度这一思乡的夜晚。

多天前，就接到阿斯马拉大学孔子学院通知，将在中秋节之夜举办首届中秋"品月会"。今晚，我们如约而至。

孔子学院是中华人民共和国国家汉语国际推广领导小组办公室（简称国家汉办）在世界各地设立的推广汉语和传播中国文化与国学的机构，其最重要的一项工作就是给世界各地提供规范、权威的现代汉语教材和教学渠道。世界上首家孔子学院于2004年11月21日在韩国首尔成立，目前已在全球100多个国家开办了近500所。

厄立特里亚的孔子学院是在2013年由我国贵州财经大学与厄立特里亚高等教育委员会合作建设，目前有教师和志愿者7名，开设了汉语、音乐、体育（包括太极拳）等课程，已为传播中国文化和国学、增进中厄友谊做出了重要贡献，其中2名学生将于近期赴中国参加"汉语桥"中文比赛。

今天晚上参会的大部分人员都是来自阿斯马拉大学的师生和家属，以及周围市民和部分中资企业和机构人员，共约200人，现场气氛非常热烈、活跃。

晚会现场，在窗外皎洁的月光下，大家品尝着在此根本买不到的月饼，喝着饮料，相互交谈，并通过卡

拉 OK 的形式，共享这一难忘的夜晚。

令人惊奇的是，许多厄立特里亚大学生不断上场，用流利、准确的汉语演唱着一首首我们耳熟能详的中国歌曲，如《北京，北京》《大碗茶》等；几个儿童吐字清晰地演唱"板凳宽，扁担长"，更是让人怀疑他们是否生长在中国……精彩的表演不断引起大家一阵阵喝彩和掌声。

通过他们演唱的表情和眼神，我们看到了厄立特里亚人民对中国的热爱和向往，也感觉到了中厄友谊已经深入人心，并将一代代传下去。

2017 年 10 月 4 日

卫生部

在厄立特里亚，卫生部是医疗队的业务主管部门，因此，其办公地也就成了我们打交道最多、出入最频繁的地方。

到厄立特里亚卫生部办事基本没有障碍。当然，要想见到几个"领导"，最好是提前和他们每个办公室门口坐着的秘书预约，不然就只有在现场等了。

厄立特里亚卫生部的办公地点分布在几个不同地方，其中，部长办公室与国际合作司在一个小院，医政司和行政财务司等大部分业务部门在相距约500米的另外一个小院，这是我们去得最多的地方，还有两个距离不远的小院是另外几个部门办公所在地。

医政司、行政财务司的办公所在地是卫生部业务最繁忙，也是外来办事人员最多的地方。院子的一边放着几个小桌，每次来到这里，总是可以见到一些正在喝着咖啡，等候办事的人员坐在一起。通往办公楼一楼路边的几个办公室，也总是有外来人员串门聊天，甚至吃着小吃，看来他们的管理确实比较松散。

站在较高的位置望去，除了许多教堂的塔楼醒目地高耸在天空之外，阿斯马拉的所有建筑基本上都在五层以下，更不要说能见到摩天大楼了。从外表看，和厄立特里亚大部分国家机关一样，厄立特里亚卫生部的主要办公楼也只是一个黄色的、外观普通的楼房，并没什么特别之处。了解历史后才知道，它是20世纪30年代的一个著名建筑，距今已有近百年的沧桑历史了。

接触次数多了，对卫生部的几个司长和工作人员有了更多了解，其各自风格和特点都给我们留下了深刻印象，感觉和他们的交往也成了一件非常有趣的事。

行政财务司耶马内（Yemane）司长个头较高，性格开朗，每次见面总是以厄立特里亚礼节热情相迎。有一次，当我们向他报告驻地有困难需要解决时，他和我们一起赶到驻地小区物业办公室交涉，并到房间查看，让我们大为感动。

医政司高伊特姆（Goitom）是一位风趣幽默又不失稳重、思维缜密且性格内敛的司长，给我们做了许多具体工作，几任医疗队队长都曾经到过他的家里做客。

国际合作司贝尔哈内（Berhane）司长则是一位和蔼可亲毫无距离感的人。每次到他办公室，他都会热情地请你坐下，认真地在笔记本上记录下你需要解决的问题，其敬业精神着实让人肃然起敬。

部里的几个具体办事人员，如所罗莫诺（Solomono），更是对我们热情有加，无数次地帮我们协调工作、外出带路，从不厌烦，其真诚和友谊让我们不知如何回报，其善良和勤奋也让我们永久牢记。

2017 年 10 月 27 日

援助之谊

　　20 年前，第一批中国援助厄立特里亚医疗队的 13 名队员，带着对厄立特里亚人民的深情厚谊，带着中国政府和人民的美好祝愿，不远万里来到了这个美丽友好的国家，掀开了中厄医疗双方合作的新篇章，开启了中国医疗队在此工作的历史。

　　今天，在中国驻厄使馆，厄立特里亚卫生部部长阿明娜女士及卫生部多名官员、受援医院院长、驻厄杨子刚大使和王利培参赞、第 11 批援厄医疗队队员等，共约 40 名人员，专门举办了中国援厄医疗 20 周年纪念活动。

　　20 年来，中国医疗队队员们和厄立特里亚同行携手并肩，同甘共苦，辛勤工作，共同创造了医疗工作中的一个又一个奇迹。中国医疗队队员和厄立特里亚人民亲如一家，情同手足，交流文化，播撒友谊，发生了一个又一个动人的故事。为了双方的医疗合作，医疗队队员们远离家乡，经受着各种考验，甚至有的把生命永远留在了这里。

　　他们这种伟大而无私的行动和精神，浇灌着中厄友谊之树，使之常青不老，加深着中厄人民的感情，令其愈久弥坚。他们既是圣洁的白衣天使，又是伟大的友好使者。

　　新的医疗队正处在新的历史时期，承担着新的历史使命，面临着新的机遇和挑战，也一定会寻找新的合作方式，拓展新的合作领域，使双方合作迈上一个新的台阶。

　　衷心祝愿双方医疗合作的未来更加美好！

2017 年 11 月 4 日

义诊随录

位于厄立特里亚首都阿斯马拉市中心南郊约 20 分钟路程的 Adi-Guadad 镇卫生中心，为全镇 33 个行政村 72 000 多位居民提供着医疗保健任务，今年已经为 58 000 多人次的群众提供了服务。

为增进中厄人民友谊，把贴心温暖送给当地居民，以具体行动落实党的十九大会议精神，今天下午，中国医疗队 18 位队员、驻厄中资企业代表，在中国驻厄使馆经商参赞王利培、厄立特里亚中央省官员、当地县长的支持和共同见证下，一起到 Adi-Guadad 镇卫生中心举行义诊和捐赠药品活动。王利培参赞和中心院长都在讲话中对活动给予了高度评价。

医院和当地群众对医疗队的到来表现出了极大的热情和欢迎，其间还专门为大家举行了咖啡餐会，并赠

送纪念品，表达对我们的感激之情，让队员们深受鼓舞。

在活动现场我们发现，该医院的基础设施非常简陋，许多物品缺乏，人才不足，服务能力极其有限。医院对当地最为常见的高血压和糖尿病的治疗药物奇缺，技术落后，检测手段不足，严重影响群众的健康生活。

看来，中国的援非之路任重而道远。利用好中国医疗队的技术优势和人才优势更好地为厄立特里亚人民服务，正是我们今后的工作目标和努力方向。

2017 年 11 月 28 日

老兵讲座

面对一个全新的国度和陌生的环境，面对语言不同、生活习俗差异巨大，面对远离家乡亲人、生活单调艰苦等困难，医疗队队员如何适应厄立特里亚社会，顺利靠站工作；如何让厄立特里亚社会各界更多地了解中国，理解医疗队队员所思所做，做好医疗合作，都是医疗队面临的挑战。

为此，中国第 11 批援厄医疗队将专门举办以"了解 沟通 合作 共享"为主题的系列讲座活动，每周邀请一位厄立特里亚当地（包

 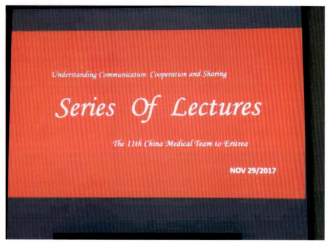

括医疗、教育、留学生、官员等）各界人士，到医疗队驻地进行演讲和交流。

今天晚上是第一讲，受邀的开讲嘉宾是厄立特里亚理疗中心院长贝尔哈内（Berhane）先生，题目是《厄立特里亚的基本情况介绍》。

贝尔哈内先生是一位厄立特里亚人民解放阵线的老战士，曾经为厄立特里亚人民独立自由进行过战斗。

他1978年从赤脚医生做起，有在苏丹和厄立特里亚多家医院工作的经历。2007年和2010年分别两次到中国太原学习针灸推拿，各3个月，对中国和中国人民十分友好，性情谦恭随和。

在演讲中，他深情回顾了中国和厄立特里亚几千年来商业和人员往来的历史渊源，以及厄立特里亚人民对毛泽东同志的崇拜之情，并为医疗队员详细介绍了该国的地理、气候、宗教和语言等。

在被问到什么是目前厄立特里亚发展中最重要的问题时，他反复强调，是"和平"，这是多年国内不断的战争给他们带来的深刻认识。

最后，当被问到他对医疗队的希望时，他十分敬佩地说，是纪律让我们的医疗队每天尽心尽力地工作，取得了巨大的成绩，赢得了厄立特里亚人民的赞誉，希望大家继续努力和保持下去！

2017年11月29日

重任在肩

马萨瓦医院位于美丽的红海之滨，是马萨瓦市最大的综合医院，职工 130 人，床位 100 张左右，常年为厄立特里亚人民以及定居于此来自于索马里、也门等的难民提供医疗服务。

由于国家经济不发达，造成医院的医疗条件极其落后，设备物品奇缺、陈旧，主体建筑破旧不堪，安全隐患极大，人才严重不足且经常流失，多个科室常年处于瘫痪状态，群众的就医需求远远不能得到满足。

为了利用此次中国医疗队巡诊的珍贵机会，更好地为更多群众提供服务，我们也尽可能多地安排了丰富的活动内容，包括门诊、查房、会诊、手术、学术讲座、药品和器械捐赠，以及援非成果图片展览等。

中国医疗队来此巡诊的消息，吸引了大量患者前来就诊，可以说"一号难求"，由于任务繁重，医疗队

队员每天工作至 13 点多才能下班就餐。

　　马萨瓦市卫生局长亲自出席了药品和器械捐赠仪式，并表示感谢，厄立特里亚国家卫生部医政司高伊特姆司长前来慰问医疗队队员，顺便交代一些工作。

　　短短几天时间，中国医疗队巡诊取得了丰硕成果。其中门诊诊疗患者 500 人次，进行多科室会诊 4 次和其他多次专业会诊，举办讲座 3 次，在多年停用的手术室内大家自行修复设备，并在术中突然停电的情况

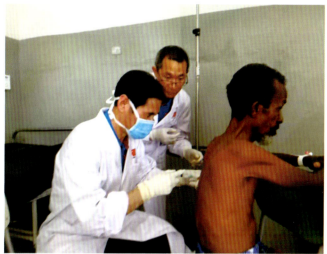

下，用手机照明成功完成 1 例手术······

　　中国医疗队的奉献和无私精神也深深感动了院方，并受到了全院工作人员的高度赞扬。医院在巡诊结束后专门举行了答谢会，对大家几天来的辛勤劳动表示由衷地谢意。

2017 年 12 月 17 日

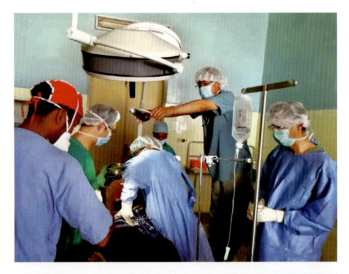

了解当地风土人情

昨天是中国第 11 批援厄医疗队举办的以"了解 沟通 合作 共享"为主题的系列讲座活动第二讲,邀请的主讲嘉宾是厄立特里亚国立哈利贝特 (Halibet) 医院的 Yosief 院长。

哈利贝特医院是厄立特里亚一所以创伤骨科、烧伤为主的全国第二大综合医院。Yosief 院长是中国医疗队的老朋友,平时与队员们一起并肩工作,交流合作,与多届医疗队都保持着非常良好的关系,并和许多队员结下了深厚友谊。他热爱中国,对中国历史也非常了解,特别珍惜中厄两国的友好情谊。

他是一位优秀的普外科专家,在医院管理上也有丰富的经验和独到见解。他的经历非常丰富,先后在多

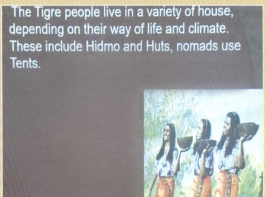

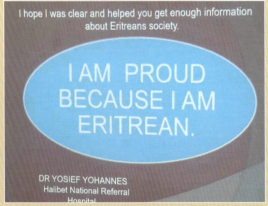

家医院工作，由于工作出色，1年前由厄立特里亚最大的综合医院奥罗特医院的主任一职，升任为如今哈利贝特医院的院长。

他昨天演讲的题目是《厄立特里亚的文化和传统风俗》。他用自己独特的演讲风格和广博知识，为医疗队队员全面了解厄立特里亚、更好地适应厄立特里亚生活、以良好心态对待新的工作，提供了指导，给予了合理建议。

从他的演讲中能感受到，作为一个厄立特里亚人，他觉得自己的家乡具有显著的原始特色，占据着重要的战略地位，国家、民族充满了野性之美。可以看出，他从内心由衷地热爱厄立特里亚这个和而不同的多民族国家，对自己国家作为人类文明的摇篮充满了民族自豪感。

从他的演讲中，还能感受到厄立特里亚人民崇尚的人们之间应该相互尊重、求同存异、向上向善、先舍后取的价值取向。

最后，他在幻灯片上打出来，并用自己刚学会的、还不太流利的中国话深情地说"我们爱你们，中国的兄弟姐妹们"，结束了自己的演讲。

2017 年 12 月 22 日

喜见亲人

　　带着祖国亲人的重托和关心，带着郑州大学及中国第11批援厄医疗队队长单位郑州大学第二附属医院全院职工的问候和祝福，带着郑州大学对推进中厄医疗和教育合作的更高期待和良好愿望，由郑州大学副校长谷振清、郑州大学第二附属医院院长法宪恩、郑州大学医管办主任张玉安等一行五人组成的郑州大学代表团，近日来到厄立特里亚首都阿斯马拉访问。

　　在阿斯马拉，郑州大学代表团不顾长途劳顿和时差之苦，第一时间赶到医疗队驻地，亲切看望了医疗队队员，深入了解大家在厄的工作和生活情况。

　　代表团的到来，使医疗队队员们十分感动和兴奋。当看到医疗队队员们在厄立特里亚经常停水、物资贫乏的艰苦条件下，克服各种困难，牢记使命，努力工作，赢得了各界赞誉时，代表团的各位领导非常高兴，并勉励大家一定要继续振奋精神，圆满完成任务，做好中非合作的友好使者。

为进一步创新中厄医疗、教育合作新模式，提升中厄合作水平，代表团还先后与厄立特里亚卫生部部长阿明娜女士、阿斯马拉卫生科学学院院长 Ghidey 女士进行会谈，交流双方在医学研究生培养、人才交流、临床医疗、科研等方面进一步合作的具体思路和长远规划，受到厄方的高度评价和感谢。

在厄访问期间，中国驻厄经商参赞王利培、使馆张飙参赞，先后亲切会见了代表团，介绍了厄立特里亚的基本国情，并期待郑州大学与厄立特里亚合作取得更为丰硕的成果。

2017 年 12 月 29 日

辞旧迎新

新年第一天，做了一下简要总结。2017 年中国第11 批援厄医疗队工作四个月以来的十件大事归纳如下。

1. 在入驻酒店举办了"今日中国"图片展，方便厄立特里亚人民进一步了解中国。

2. 采取多项举措，改善队员生活环境，提高生活质量，为更好地工作创造条件。

3. 中国驻厄经商参赞王利培、使馆杨子刚大使先后来医疗队驻地看望、慰问队员。

4. 参与和举办援厄医疗 20 周年纪念活动，再续中厄合作新篇章。

5. 到 Adi-Guadad 镇卫生中心义诊，为基层群众送医送药。

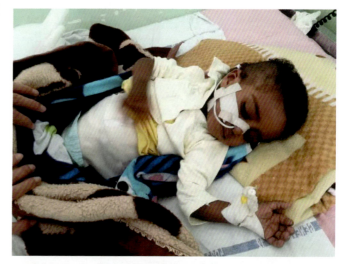

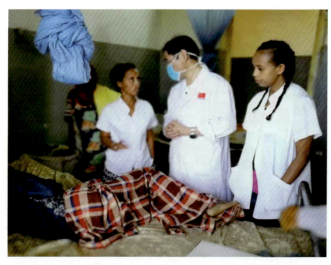

6.到马萨瓦医院巡诊，内容丰富，硕果累累。

7. 郑州大学副校长谷振清率郑州大学代表团来厄看望、慰问医疗队队员，并与厄立特里亚卫生部部长、阿斯马拉卫生科学学院院长等洽谈合作与交流。

8.定期举办"业务学习"和"了解 沟通 合作 共享"系列讲座。

9.做好党的十九大精神等学习活动，做好党建工作。

10."医术精湛，大爱无疆"，援厄医疗队被多家媒体报道。

2018， 新起点，新征程，新目标，祝福大家，共同前行。

2018 年 1 月 1 日

依依惜别情

中国驻厄使馆张飙参赞马上就要离任回国工作了，听到这一消息，大家都恋恋不舍，心情难以表达。

在中国第 11 批援厄医疗队到达不久，面对一个远离祖国、家乡和亲人的陌生环境，我们很快就受到了张飙参赞的热情接待，他给我们详细介绍了厄立特里亚国情，以及医疗队面向未来的工作方向和思路，让我们大开眼界、深为感动，并极受启发。

在厄立特里亚的 5 个多月里，在张飙参赞多次具体指导和帮助下，我们的工作顺利进行，让我们倍感温暖。我们虽然见面不多，但他和蔼可亲的笑容、温文尔雅的风度、有识有度的眼界、谦虚平和的人品和勤勉忘我的工作态度，每次都给我留下了难忘的印象，也让我对新时代中国外交人员的精神风貌和学识水平有了更深认识和了解，正是他们的努力，才使得中国在国际

社会中的影响和形象日益提升。

今晚在中国驻厄使馆举行的张飙参赞离任回国欢送会上，杨子刚大使的讲话对张飙参赞也进行了高度评价。

预祝张飙参赞归途顺利，也相信张飙参赞的前途更加光明，未来更加美好！

2018 年 2 月 3 日

迎春演出

2018"欢度春节迎春演出"今天下午在阿斯马拉宫举行，约300位中厄嘉宾参加。

今天的演出不但充满了地地道道的中国味，而且节目内容丰富，形式多样。两位当地主持人全场用中文主持，所有参加演出的演员均为阿斯马拉大学孔子学院培养的厄立特里亚当地学生。

今天的节目均为国内观众熟悉的内容，如中国民族舞蹈、中文通俗歌曲、诗歌朗诵、太极拳和书法表演等，看到当地演员们一个个声情并茂的表演节目，特别是孩子们惟妙惟肖的模仿，让大家深切体会到了厄立特里亚人民对中国文化的热爱，以及多年来孔子

学院为增进中厄友谊做出的巨大贡献。

　　中国医疗队受邀参加的节目是合唱《歌唱祖国》，也是唯一一个由中方人员表演的节目，表演引发了全场观众，特别是我国在厄立特里亚同胞的共鸣，激发了大家对家乡的热爱和强大祖国的自豪感。

2018 年 2 月 5 日

新春总结记

春节前夕，正值全国人民喜迎新春佳节之际，中国驻厄使馆杨子刚大使、王蕾参赞一行来到中国第 11 批援厄医疗队驻地看望和慰问医疗队队员们，送来了祖国和人民对大家的关心和新年祝福。

杨子刚大使说，第 11 批医疗队到达之后，根据厄立特里亚具体实际和特点，做出了巨大成绩，受到了厄立特里亚政府和人民的高度赞扬。希望大家继续努力，发挥党员模范带头作用，做好各项工作，圆满完成援非任务。

在第 11 批援厄医疗队到达厄立特里亚的 5 个多月里，大家团结一致，克服各种困难，持续加强内部管理，通过加强内

部业务学习，提高队员工作能力和水平；加强对外交流和交往，增进中厄双方了解和沟通；通过言传身教，专业敬业，带来了中国医疗队无私奉献的真诚之心；通过各种努力，开展新技术，拓宽新业务，开创了多项厄立特里亚医疗历史上的新奇迹；通过尝试方法，创造新思路，探索我国援非医疗工作的新模式，推进援非工作等，不但做好治病救人的白衣天使，而且做好传播中国文化和帮助了解中国的友谊使者，涌现了许多优秀队员，发生了许多感人故事，摸索了一些新路径，走出了自己的路子。

中国医疗队为厄立特里亚带来了中国医生的工作热情和敬业精神；带来了队员无私、真诚帮助非洲人民的友爱之情；带来了中国医生的工作理念和思路；带来了许多新技术、新业务，改写多个历史记录，开创先河……

医疗队今后的工作还很多，任务还很艰巨，大家会以归零的心态，继续努力前行。

2018 年 2 月 11 日

有所思

今天上午，再次去厄立特里亚卫生部拜见部长阿明娜女士，汇报医疗队下步工作计划和目前工作情况。

听完我们的思路和设想，以及中国医疗队在厄立特里亚真挚无私的奉献和实实在在的工作，阿明娜部长非常高兴，分别时她情不自禁地说："非常感谢你们！欢迎你们随时过来，我的办公室就是你们的办公室。"

看来，只要和非洲人民真心以待，就像习近平总书记说的，用正确的义利观和他们交往，以"真、实、亲、诚"和他们相处，中非合作的路子就会越来越宽广，中非人民的友谊就会更加深厚长久。

2018 年 4 月 16 日

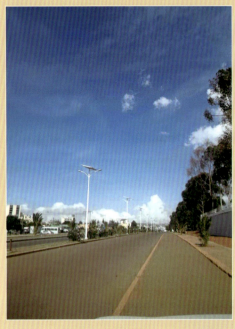

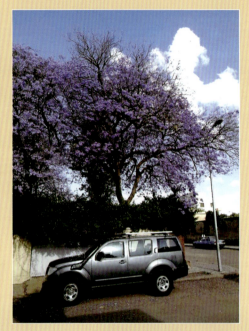

爱心捐赠

近日，中国第 11 批援厄医疗队向厄卫生部和国立奥罗特医院、哈利贝特医院和 Adi-Guadad 镇卫生中心三家医疗机构举行了捐赠仪式。这也是中国援厄医疗队根据当地医院日常工作需要及困难，历史上首次同时对多家医院进行捐赠的活动。

中国驻厄大使杨子刚与厄卫生部部长阿明娜代表两国政府出席，并签署了交接证书，中国援厄医疗队部分队员、厄立特里亚卫生部主要官员出席了仪式。

阿明娜部长代表厄立特里亚政府对中国的无偿捐赠表示由衷感谢。她说，厄中两国的合作伙伴关系和人民之间情谊有着坚强基石和久远历

史。长期以来，厄中两国兄弟友情不断深化，主要得益于彼此理解和真诚相待，今天的捐赠仪式就是例证之一，将对其他国家产生正面示范效应。

杨子刚大使表示，中方一贯秉持"真实亲诚"的对非理念开展援助合作，这次捐赠的药械也是根据厄方实际需求提供的，将会造福大量的普通百姓。今年是中厄建交 25 周年，回顾建交以来的合作，已深入厄发展的广泛领域，特别是在卫生健康领域，中方开展对厄医疗援助 20 多年，在人才培养、医院建设、药械提供等方面持续提供帮助，并选派了 11 批近 200 名优秀医生支持厄卫生健康事业发展。相信今天的捐赠仪式是更多新合作的开始，将使更多厄人民受益。

这次向厄方捐赠的药品和医疗器械品类广泛，品质较高，主要包括内科、外科、针灸理疗、中医中药等。

厄立特里亚当地最大媒体《厄立特里亚日报》以头版头条报道了此次捐赠活动。

2018 年 5 月 7 日

五日巡诊

按照年度计划，从 5 月 28 日开始，中国援厄医疗队驱车 2 个多小时，开赴厄立特里亚第三大城市 Keren，进行了为期 5 天的巡诊活动。

行走在崎岖的盘山公路上，途中遇到一辆长途客车冲下山崖，造成严重事故，死亡 30 多人，堵车长达数公里。这种情况下，我们医疗队人员与厄立特里亚同行们共同参与救治，安置妥当后，再次出发。

一路上，道路两旁遍布的嶙峋巨石，时刻提醒着大家安全的重要性。

巡诊期间，按照队员们的专业情况，分工参与了查房、门诊、放射、会诊、针灸等工作，短短几天，诊治患者达 400 多人，并有 5 名队员开展了学术讲座。直到巡诊结束，我们的车辆即将离开，队员们还被许多

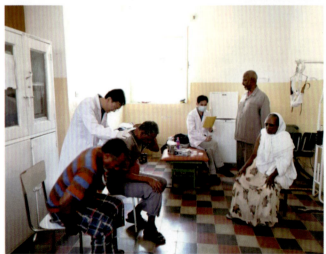

患者围着咨询，请求大家能够多留下几天。

　　在巡诊的最后一天，厄立特里亚卫生部贝尔哈内总司长和医政司高伊特姆司长亲自从首都赶到巡诊现场看望大家，并表达感谢，与我们座谈，听取意见和建议，并与 Keren 卫生局局长一起参加中国医疗队举行的药品和器械捐赠仪式，为身处炎热的 Keren、被蚊虫叮咬的队员们，送来了清凉的慰藉。

2018 年 6 月 3 日

参与节目拍摄

　　中非合作论坛北京峰会将于今年 9 月在召开，非洲 40 多位国家元首、政府首脑确认出席。本次峰会也是 2018 年我国最为重要的主场外交活动之一。

　　为营造良好的舆论氛围，反映中非合作的最新成果，央视 CGTN 将拍摄制作包括论坛峰会现场暖场片、5 集纪录片、20 至 30 集新闻报道、多集新媒体平台投放的微视频及宣传片，内容覆盖 52 个非洲国家及非盟，实现覆盖全非洲大陆及百余个中非合作典型项目，于论坛召开前夕在境内外多平台投放，包括中央电视台综合频道（CCTV-1）、中文国际频道、CGTN 各语种频道、新媒体平台及非洲 40 多个国家主要电视台专门时段播出。节目也将在会议现场播放，习近平总书记、非洲 40 多位国家的元首、政府首脑都会观看。

　　在厄立特里亚，拍摄组深入中国医疗队工作现场，实地拍摄队员们的工作情景，并对厄立特里亚患者和同行进行采访，真实反映中国援厄医疗队在加强中厄医疗合作，提高厄立特里亚医疗水平，培养当地人才，促进中厄友谊等方面所做的工作。

2018 年 6 月 10 日

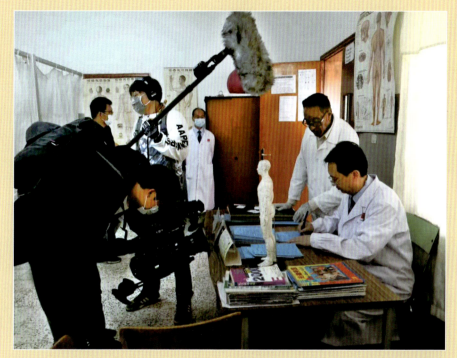

万里之外的锦旗

6月30日上午，贵州财经大学党委副书记谌莉萍带领学校党委组织部、教育与传媒学院、营销管理学院、外国语学院等有关领导一行6人，在厄立特里亚孔子学院王晓华院长等陪同下，专程来到中国第11批援厄立特里亚医疗队驻地进行访问，并赠送不远万里从祖国带来的锦旗："不辱使命献身援非医疗事业，再添新彩弘扬中华传统文化"，以感谢医疗队对厄立特里亚孔子学院职工和家属的日常医疗保障，以及历次举办弘扬中国文化活动的大力支持和密切合作。

谌莉萍副书记说："厄立特里亚孔子学院教职工在艰苦的条件下坚守岗位，开展了大量推广中国文化的工作，其中也离不开中国同胞的大力支持，特别是中国医疗队所做的工作更让我们感动。大家在这里，只要出现了健康问题，总能在第一时间受到医疗队及时和专业的帮助，为大家解除了后顾之忧。除此之外，医疗队还积极参加和配合孔子学院组织的诗歌比赛、中国歌曲比赛、风筝节等各项活动，在工作上也给予了大力支持。大家都是中国文化的传播者和促进中厄友谊的践行者。"

贵州财经大学对医疗队的肯定，使队员们备受鼓舞。孔子学院的老师们在厄立特里亚所取得的成绩，同样也值得医疗队学习。在厄立特里亚期间，医疗队也经常得到孔子学院生活和工作上的帮助和支持，给医疗队解决了许多困难。同时，他们还经常无私为医疗队队员提供书法、舞蹈、武术等培训工作，丰富了大家的业余生活。大家远在异国他乡，如同兄弟姐妹，结下了深厚友谊。

今后，中国医疗队将继续尽职尽责，为所有在厄立特里亚工作、生活的同胞提供好医疗保障，让祖国亲人放心。

2018年7月1日

大爱接力

2018年9月13日下午，中国援厄第11批、12批医疗队交接仪式在新落成的中国驻厄立特里亚大使馆举行。

杨子刚大使首先发表讲话。他说："中国自1997年派送第一支医疗队来到厄立特里亚至今已经有21年历史，他们克服了战争、传染病、药品器械匮乏等困难，和厄立特里亚同行并肩工作，建立健全了厄立特里亚的医疗卫生体系，并结下了深厚的友谊。"

他说："一年来，第11批中国医疗队的18位成员不辱使命，克服困难，顺利地完成了医疗援助的光荣使命。他们大爱无疆的人道主义精神，认真负责、耐心细致的医疗服务，受到了厄立特里亚卫生部及各受援医院的充分肯定，也受到了厄立特里亚人民的信赖和赞扬，他们高超的技术使厄立特里亚患者和驻厄立特里亚中国同胞切实受益。我对他们取得的成绩表示祝贺！"

他说："几天前，第12批中国医疗队18名成员如期抵达厄立特里亚，相信你们也能够继续发扬中国医疗队的一贯作风，为中厄医疗合作做出新的贡献。"

厄立特里亚卫生部阿明娜部长和医政司高伊特姆司长也分别发表了讲话。

他们说，第11批医疗队在各自的受援医院努力工作，认真负责，医术精湛，不仅治疗了大量患者，还在日常的工作中向厄立特里亚的医生和护士传授新的知识和技能。你们在厄立特里亚短短一年的时间里，组织了马萨瓦、科伦、阿迪达瓜的巡诊和义诊活动，治疗了大量的疑难重症患者，并

且让很多患者不需要跑很远的路，就能得到最好的医疗救治，这在我们这个交通欠发达的国家显得尤其重要。你们在巡诊和义诊过程中，还给多家医院捐赠了药品和器械，并且做了多场专业的学术讲座，非常受欢迎。我们代表厄立特里亚卫生部对你们表示诚挚的敬意和衷心的感谢！谢谢你们，我们的朋友！祝愿朋友们安全回国，在各自岗位上做出新的成绩。我们也相信，未来的你们一定能够为我们两国友谊做出新的贡献！

他们还说，我们真心希望新的医疗队能够继续保持 11 队的优良作风，增进中厄两国友谊，不断加强中厄两国的医疗合作和交流。

最后，阿明娜部长为中国第 11 批医疗队队员——颁发荣誉证书，以感谢他们在一年里为厄立特里亚卫生事业所做出的重要贡献。

会议休息期间，孔子学院的学生们还载歌载舞，以文艺演出的形式，展示中厄两国之间的深厚友谊。

2018 年 9 月 15 日

感悟篇

最纯真的热情

厄立特里亚的孩子们对中国有着远超其他国家的特殊热情。当你在路边经过他们时，他们远远地就会充满欣喜、好奇地大声叫着"China,China（中国，中国）"。

当你开车经过他们时，即使他们不经意间瞥见你，也会惊奇地对着车窗，或追着汽车边跑边叫"China,China"，这种情景远超过我们在国内街头偶遇黑人、白人，以及其他外国人的感觉。

当你想进行拍照时，很多孩子会大方地与你合影，甚至紧贴在你的身上，就像对家人那种依赖；也有的看见你时会肆无忌惮地大声笑着喊你，但当你举起相机时，又会飞快地嬉笑着跑掉……

这些童真不由得让我们远在非洲的生活充满了乐趣，也感受到了非洲儿童对中国特殊的热情和憧憬。

2017 年 9 月 11 日

欢乐的
孩子们

遍地的谦谦君子

来非洲之前，无数的亲人和朋友都会关心地提醒我，那里很乱，治安太差，要注意安全，一定保护好自己。

按照国内形成的"刻板印象"，以及很多人关于非洲的报道和描述，自己对非洲的第一印象也是环境差、治安乱、民众素质低等，甚至还经常会有吸毒、抢劫、盗窃等现象，反正挑不出好词。

但是，到达厄立特里亚不长时间里的所见所闻，使我对这个国家的印象慢慢发生了改变。用他们自己国家不少官员或国民的话来说，他们的国家是世界上最安全的国家之一，这也是他们最为自豪的地方。如果第一次遇到工作对象或者路人，他们不少人会主动询问你，对这里感觉怎么样。如果你只是说很好啊，非常安逸，人好、空气好，那他们还会带着不无骄傲的表情给你提醒一下：非常安全吧？

事实证明确实如此。在我们驻地的小区里，大多居民楼的阳台上，根本看不到像国内那样各式各样、密密麻麻的防盗窗，即使一、二层的住户也都未安装。

　　这里的人们也有晚饭后外出的习惯，在小区外面没有路灯、漆黑一片的大路上，经常见到三两人结伴，但大多是一个人悠然地散步。走在路上，如果不是我们中国人散步时特有的拿着强光手电筒的光线扫视到，很难想到在漆黑的夜色中，经常有一些谈恋爱的男女坐在远离小区的路边，他们的肤色与天色融为一体。

　　夜晚的路边，经常可以见到人们把汽车孤零零地、毫不担心地停在没有路灯的偏僻处；来到这里已经半月有余，在超市、集市、酒店、聚会等人多的地方，至今未见一起人们吵架、打架等发生，反倒是一幕幕与人之间和谐共处、礼貌相待、热情友好的情景时刻感染着我，人与人之间互助互爱、谦谦君子的行为给我留下深刻的印象。

2017 年 9 月 14 日

停电之夜

今天是 9 月 27 日，也是厄立特里亚的圣十字节，全国放假一天。在这个爱吃肉的国家，像其他节日一样，节前两天，阿斯马拉街头随处可见待售的羊群和赶着羊群的牧羊人，整座城市洋溢着一片祥和的节日气氛。

在我们国内，人们已经习惯于节日的夜晚灯火辉煌、张灯结彩，城市的街头车水马龙、川流不息。可是，在阿斯马拉并非如此。由于国家基础设施投入不足，电力资源紧张，除了经常停水以外，停电成了在此生活的另一难题。

生活在这里，几乎每天都要面临着停电。通常是上午 10 点左右开始停电，到夜里 9 点左右恢复供电，偶尔还会有连续停电两天甚至更久的情况。

为此，这里的人们想到了很多对付办法。家庭和单位几乎都备齐了充电器、应急灯、蓄电池、发电机等，各种蓄电设备应有尽有。当然，这些设备的使用也不是随心所欲，都有各自的局限条件。比如，发电机的噪声太大，不适合在小区人群稠密之处使用；大功率蓄电池的价钱太高，穷人一般负担不起。

因此，从夜晚小区家家户户的灯光上，就可以判断这户人家的经济水平。

当然，停电时，我们也有自己的应对办法。每天晚上 7 点左右，我们抓紧时间吃饭，然后，拿上自己在

国内就备好的强光手电筒，三五成群，结伴散步。大家时而遥望一下天空清晰可见的星星和月亮，讨论一下是否有国内已经多年不见的银河系，时而带着羡慕的眼光，远望一下小区对面灯火通明、首都唯一的五星级酒店"阿斯马拉宫"，并不时地调侃几句，借着如此难得的锻炼机会，继续走在漆黑一片的夜路上。当然，等到散步结束，回到仍无光线的驻地楼前，走在黑暗的宿舍楼道时，还是会有一些挥之不去的失望和无奈……

2017 年 9 月 27 日

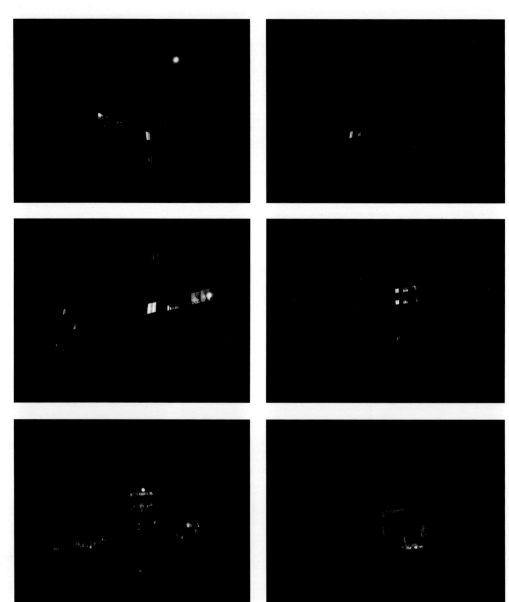

咖啡

此文专为喜欢咖啡和热爱生活的朋友们而作。

——题记

说到阿斯马拉人民的生活，莫过于他们对咖啡的依赖和感情，因为咖啡文化是他们真正的文化之一。

在这里，不管时间和地点，行走在大街小巷，穿梭于酒店影院，出入家庭办公室，你会时时刻刻感受到咖啡对人们生活的影响和重要性。

说到咖啡，就不能不提非洲。如同非洲人民的肤色，咖啡是他们最不能改变的原色；如同非洲人民的性格，咖啡的味道就是他们的浓香苦涩；如同非洲人民的生活，咖啡就是他们的热爱和梦想，初心不变。

作为世界咖啡的发源地，非洲有着悠久的历史和神奇的传说；作为世界上最著名的咖啡产地，厄立特里亚咖啡清香的味道、惊艳的花朵和带给人们的憧憬，更被无数人认定为这儿就是生活的向往地。

需要纠正的是，因为厄立特里亚和埃塞俄比亚原本同属一个国家，特别是咖啡产地同属一个高原，实际上两者之间并没有区别。

咖啡不仅仅是生活，更让无数人理解了生活的意义。

2017 年 10 月 28 日

海上"桃源"

红海就是马萨瓦的标签，没有红海，就没有今天的马萨瓦。

当年意大利人进入厄立特里亚时，首先选择在马萨瓦设立港口，然后逐渐向内地蚕食，直至首都阿斯马拉，最后确立了其覆盖整个厄立特里亚的殖民地位。因此，没有红海这个海上通道，马萨瓦的历史地位估计会改写。

如果说行走在红海岸边可以看到城市历史的天空，那么游览于马萨瓦的海上绿岛，就更会体会到这座城市历史和自然交融的痕迹。

距港口乘坐快艇约 20 分钟的海上绿岛，绝对称得上是一个人与自然可以融为一体的世外桃源。

柔软的细沙、温暖的海水，让你会情不自禁扑入它的怀抱。非洲特色的草亭、珊瑚礁建成的护岛残屋，让你不由自主猜想它的主人。成群的白鹭、乌鸦，自由奔跑的寄生蟹，让你无限感慨它们世界的无拘无束。落日的余晖、漂浮的小船，让你顿时心生梦想，赞叹如此美景……

出于对中国医疗队几天辛苦巡诊和累累成果的感谢，马萨瓦医院院长专门安排了大家到海岛一游，让中厄人民的友谊与马萨瓦、红海之间又建立了割不断的联系。

2017 年 12 月 15 日

点滴里的真情

周六上午，像平日一样，阿斯马拉依旧空气清新，天蓝云白，阳光明媚，人的心情也不由地舒畅起来。闲着没事，我开始在驻地小区，绕着小学操场散步。

路边站着两个五六岁的小女孩正在说话。见我过来，她们热情地用中文打招呼："你好！"我也友好地回复着："你们好！"完毕，她们羞怯地往楼栋里走去。

我开始叫道："Stop, stop, please have pictures."她们立刻停下来，其中一个女孩不好意思地原地站着，另一个则大方地走到我身边，"OK"，然后，摆出姿势任我拍照，并同我合影。

继续往前走，路边又有几个正在玩耍的孩子边玩边热情地问候我："你好！"突然，其中一个男孩不小心把一个小女孩碰倒在地。可能太痛了，小女孩哇哇大哭起来。我急忙扶女孩起来，帮她拍打身上的尘土，可还是止不住她的大哭。情急之下，我摸出自己口袋里的几盒清凉油，连忙发给几个孩子每人一盒。小女孩立刻不哭了，抬起带着泪水的小脸看着我，他们感激地望着我，直到我离开。

　　到开饭时间了，我开始向自己的房间走去。刚进屋掩上门，背后就听到轻轻的敲门声。我好奇地打开门，只见一个十二三岁穿着校服的女孩站在门口，用英语说："你好，能送给我一双筷子吗？我想学习一下。"原来，她是住在隔壁门洞的一个小学生，对我们中国人的生活很感兴趣。我爽快地送给她了两双，她高兴又感激地离去……

　　对外民间外交可能应该就是这样吧，从身边小事做起。

2018 年 1 月 8 日

新春将至

　　远离家乡，远离亲人，春节即将来临，也为我们带来了欢聚与快乐。我们借着一名医疗队队员庆祝生日的机会，载歌载舞，欢聚一堂。

2018 年 1 月 27 日

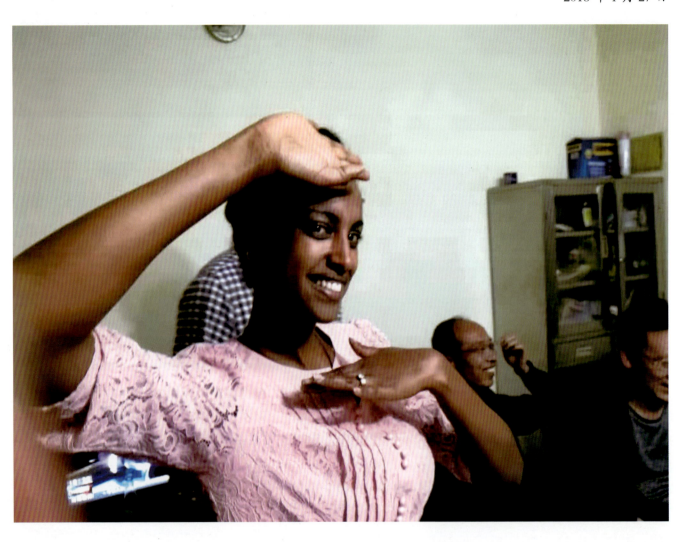

路

崎岖不平，布满沙石，尘土飞扬；曲曲折折，没有花香野果鸟语浪漫；素面朝天，难找遮阳大树避风房屋……

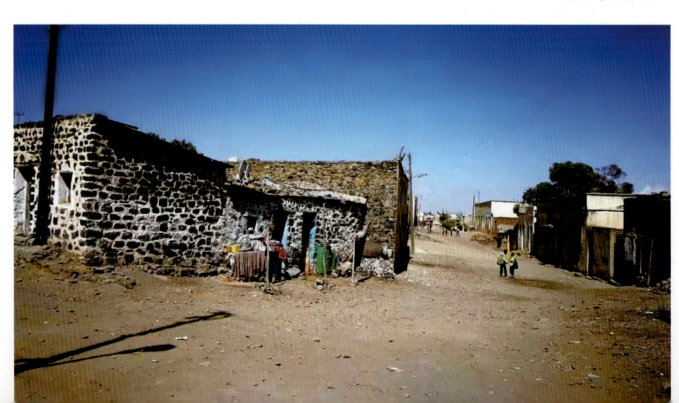

这就是援厄立特里亚医疗队在 Halibet 医院工作的 6 名援非队员，每天上下班需要耗费近 1 个小时走完的一条小路的真实写照。

不管风吹日晒，无论晴日雨天，他们每天穿着汗水浸透的衣服义无反顾地行走在这条小路上。几个月下来，他们脸晒红了，鞋磨破了，唯有一颗坚定执着的心，始终不变。

走在这条路上，伴随着顺利做完一台台手术、成功救治一个个患者带给他们的满足；走在这条路上，路边玩耍孩子童真的欢叫、擦肩而过行人热情的问候，坚定着他们继续走下去的信心……

这条路，犹如援非之路，曲折艰辛，而又充满收获。

2018 年 1 月 31 日

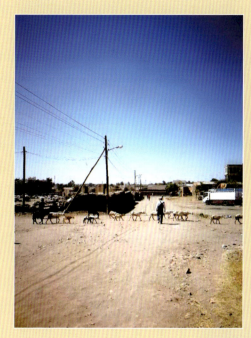

春日珍贵

和我们国内一样，进入三月，厄立特里亚的春天也悄无声息地来了。

如果不是看到门前为了保存营养、去年被砍去树梢而留下的树干冒出的新枝，如果不是家家户户院墙上四季不败的鲜花在蓝天的映衬下更加妖娆，如果不是市区四处栽培的刚刚盛开的蓝花楹和落英，如果不是路旁团团巨大的仙人掌上绽放的一朵朵金黄色鲜花，如果不是新的雨季的到来伴随的几乎每天的惊雷和阵雨，如果不是这个季节早晚的温差已经让人们可以从容地身着单装，其实这里的春天和冬天差别很小，并无明显不同。

每年，这里横跨秋冬两季近半年的旱季，几乎滴雨不见，万物都在依靠自己的生命力顽强地生存着，因此也成就了许多植物能够延续下来的奇迹，但最终能坚持下来的都是经过大自然百般选择的物种。

在这个基础设施极为落后的地方，地下水的利用非常困难，人们的生活饮水主要来源于周围分布的大大小小的湖泊。

正因为如此，春天以及随之而来的雨季是厄立特里亚最为珍贵的季节。每天中午或者下午开始，天上成团的乌云就开始从北部山区翻滚过来，它们和白云交织着，背依蓝天，逐渐蔓延至城市的上空，随后阵阵惊雷响起，不用多时，阵雨就到来了。

阵雨过后，高悬的云彩在落日余晖的照耀下，或变成绚丽多姿、丰富多彩的云霞，或变成一道直插天空的彩虹，给人震撼之感。

2018 年 4 月 4 日

队员成长记

今天晚上是援厄医疗队的业务学习系列活动时间。

苏晨皓队员，一位来自郑州大学第二附属医院肾病和风湿专业的优秀青年医师，从工作所在的哈利贝特医院临床工作实践出发，专心总结，精心准备，对厄立特里亚排名前 10 的传染性疾病进行了回顾分析，并对其中的艾滋病、结核病、疟疾、羊瘟病、黑热病 5 种传染性疾病进行了详细阐述。

他广泛收集了世界卫生组织（WHO）官方文件、世界银行援非项目官方数据和 Pubmed 权威学术论文，以及厄立特里亚当地政府卫生资料等，演讲旁征博引，论点明确，思路清晰，论据翔实可靠。

他从临床实践出发，提升到疾病的流行病学、病因病生改变、诊治预防措施等理论高度，从而更好地服务临床实践，实现了一个良好的螺旋式升华和进步。

作为一名肾内科医师，他能够迅速投身到受援医院的临床实践中，通过跨专业研究，短期内取得了喜人的成果，展示了一个青年医师的再学习能力和终身学习的态度和习惯，也为其他医疗队员的援非工作做出了榜样。

2018 年 4 月 11 日

家访复诊记

四个多月前，在厄立特里亚专家即将放弃并不得已求助中国援厄医疗队之际，泌尿外科队员刘畅为一岁半的厄立特里亚患儿成功实施了"肾脏巨大肿瘤切除术"。术后，医疗队员们还专程自发到病房进行了慰问活动。

四个多月过去了，孩子的身体状况恢复如何，一直牵动着医疗队员们的心。昨天下午，经过多方询问，我们终于了解到，患儿的家在距首都 50 多千米以外、南方省的一个偏远山区。

　　当听说我们要去看望孩子时，医院的当地同事都露出诧异的表情，并劝阻我们尽量别去。我们已经决定前往，并未听取好心劝阻者的建议。当我们正在为向导发愁时，幸好，患儿的一个亲戚在首都阿斯马拉工作，恰好打算回故乡探亲，愿意做我们的向导，带领我们一起去看望患儿。

　　短短 50 多千米的路程，我们驱车走了足足 1 个半小时才赶到。一路行走，单单说经过的路况，就足以让我们感到震惊和难忘，也让我们看到了真实的非洲，感受到了非洲人民生活的艰辛和不易。

　　看到我们到来，患儿的家人十分激动，拿出最好的英吉拉，并打算煮最好的咖啡招待我们，都被我们婉拒了。

　　看到孩子恢复得非常好，感受到患儿家人激动和轻松的心情，我们顿时忘记了路途颠簸的劳累和所有的担心。

　　这次复诊尽管困难重重，但是我们收获的经历与感动，要远比我们付出的更多……

2018 年 4 月 19 日

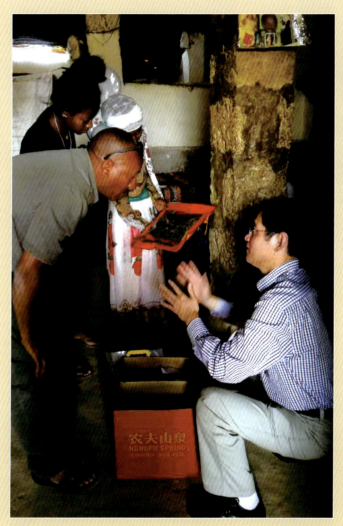

探望记

今天，利用周末休息时间，和队员一起去厄立特里亚首都郊区，看望经过中国医疗队治疗后的两位患者。

第一位是个 13 岁的小女孩儿。半年前，在上学途中，她不幸遭遇车祸，颅骨骨折，生命垂危。在厄立特里亚全国目前仅有的中国两位神经外科医师、中国医疗队队员夏熙双和毕成红的手术治疗下幸存下来，目前已经完全康复。

第二位是一位老年青光眼患者。自从第 11 批中国医疗队队员周瑞雅教授到达厄立特里亚，开创性地开展青光眼手术治疗，他也成为患有此病的众多受益者之一。

从狭小但又整洁的客厅和院落，患者和家属束手无措但热情的接待，以及他们惊喜、激动的表情中，可以看出他们对大家的到来做了精心准备，并充满了表达不尽的感激之情。

看到我们到来，周围的邻居和孩子们也都好奇地围过来，用异样而又友好的目光打量着我们，把我们当成了"天外来客"。

愿中国医疗队的工作把中厄友谊永远传递下去，植根于厄立特里亚人民心中。

2018 年 5 月 27 日

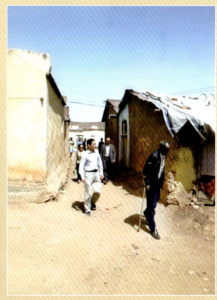

踢球的孩子们

　　每天傍晚，小区内到处都是踢球的孩子们，他们三五成群，因地发挥，快乐地享受着足球带来的欢乐，不少孩子带着十足的球星范。谁又能断定，这里不会诞生未来的世界杯冠军或最佳球星呢？

　　相比之下，中国足球的差距还很明显，前面还有很长的一段路要走。以我之见，从娃娃踢起，从全民做起，营造浓厚的足球氛围，才会更有希望。

2018 年 6 月 30 日

童趣

周末闲照，小区童趣。

2018 年 7 月 28 日

后花园

直到今天，才惊喜地发现，我们每天散步的公路后，竟然还隐藏着这样一个草肥水美之地。

真可谓，美并不缺少，只是常常缺少发现美的眼睛。

2018 年 8 月 30 日

诗与远方，莫若大爱无疆

——赏读刘剑波教授《白衣胜雪万里云——援助厄立特里亚医疗手记》

彭永强

　　佛偈有云：千江有水千江月，万里无云万里天。

　　万里之外的云天，似乎遥不可及，远若烟尘，但绝非跟此时此地的我们毫无关系。万里之外的云朵、微风、细雨，抑或风狂雨骤、雷电交加，跟我们此刻的风平浪静、春光明媚，早已形成了一种互动，一种观照，一种投射，一种镜像——"青山一道同风雨，明月何曾是两乡"，故而，身处华夏九州腹地的北中原，跟红海之滨、尽承撒哈拉风沙的厄立特里亚，尽管远隔重洋，相隔万里，但同样渊源深厚，缘分匪浅，其中，中国对厄立特里亚的医疗援助，并由此而建立的深情厚谊，是最为引人注目的事项之一。

　　平心而论，对于我们绝大多数的普通人而言，对于非洲这样一块广袤的土地了解甚少，仅有的一些感性知识，亦基本上来源于大众传媒，或者道听途说。以本人的经验为例，除了这些大众熟知的途径之外，我对非洲的了解，还跟一些著名作家或文学作品有关，如南非作家库切、非洲裔女性作家莫里森、尼日利亚作家索因卡、坦桑尼亚裔小说家古尔纳等。相比而言，非洲、非洲裔之外的作家，对于这一大片土地的关注并不见多，以我个人有限的阅读、了解而言，仅有海明威、加缪、康拉德、莱辛、奈保尔等著名作家的写作中，涉及或多或少的非洲题材，对其进行了较为深入的描绘与挖掘，从审美角度上，让我们从某一个侧面对非洲有一些间接性的了解。尤其值得注意的是，以欧美作家为主要代表的众多书写，大多天然地带有一些居高临下的打量视角，或者使用异域猎奇的别样眼光，故而，他们所呈现出的非洲样貌，或许不一定是原生态的非洲，必定带有意味深长的"意识形态"色彩。

　　作为医学博士、国内知名的呼吸病学专家、二级教授的刘剑波先生，为广大读者奉上了这部著作《白衣胜雪万里云——援助厄立特里亚医疗手记》，既让人讶异、意外，又在情理之中。更重要的是，这样的一部书，使用价值极其鲜明，审美意义非同寻常，给每一位阅读者，均能带来翔实的知识，异域的风光，惊喜的诗意，以及更多的灵魂震撼。

一

　　《白衣胜雪万里云——援助厄立特里亚医疗手记》一书，知识性、实用性显而易见。厄立特里亚在非洲属于一个面积较小、人口较少的国家，在整个世界范围内，其国际地位及影响力更可想而知。对于绝大部分的国人而言，这样的一个非洲国家，平时所知晓的信息甚少，可了解的渠道同样有限，很多人每到需要之时，常常会觉得手足无措、无从下手。

　　刘剑波教授深入厄立特里亚一年有余，参与了大量的医疗救治工作及正式的、民间的外事活动、交流活动，对于这一国家的风光地貌、风土人情、社会现状、经济发展，尤其是医疗卫生情况，都有了相当深入的了解。"纸上得来终觉浅，绝知此事要躬行"，刘剑波教授这样"躬行而作"的一本书，对于我们了解非洲，尤其是了解厄立特里亚这样一个国际影响力相对较小的国家，堪称"第一手资料"，阅读者必有身临其境之感，定会受益匪浅，从这一角度而言，《白衣胜雪万里云——援助厄立特里亚医疗手记》一书的价值与意义不容小视，弥足珍贵，其至称得上是了解厄立特里亚的一本微型"百科全书"。

　　在刘剑波教授这部著作中，我们可以见识到跟大众传媒传说中不一样的非洲——在厄立特里亚，这里物质条件艰苦异常，基础设施短缺严重，然而，这里的民众却热情平和，孩子们天真烂漫，不同宗教、不同教派的人均能相互尊重，和平共处，这个国度，是世界上最安全的国家之一，传说中的那些病毒肆虐、战乱频仍、暴民成群的谣言，在这样的亲眼见证下，早已经不攻自破、灰飞烟灭——这些，与欧美主体论者构筑的"他者"形象大相径庭，甚至有天壤之别，亦让我们看到了最真切、最朴素、最原生态的非洲。

二

　　《白衣胜雪万里云——援助厄立特里亚医疗手记》一书，亦能称得上是一次审美与诗意的集结。刘剑波教授已经从事临床医疗、科学研究等工作近 40 年，平时的日常工作以科学性、严谨性为最为主要的特点，工作业绩卓然，亦出版了为数不少的学术专著。而这本《白衣胜雪万里云——援助厄立特里亚医疗手记》，跟以往的学术作品比起来，可谓是大相径庭、相映成趣。这部书，以随笔小品的形式写成，少了学术研究的

"学究气"，而多了一些安谧与性灵，多了一些感性与感悟。书中文稿多为短章小品，不少文字品位独具，性灵横陈，用简洁、干净的文字，将所见、所闻、所思、所悟尽显笔底，阅读者可以跟随这些文字天马行空、云游四海。

毫无疑问，《白衣胜雪万里云——援助厄立特里亚医疗手记》是一部行走之书，空灵之书，性情之书，智慧之书。尤为值得一提的是，其中文章里的很多句子极富灵性、诗意，内蕴审美趣味，读之让人耳目一新，让我们充分见识到严谨的医务工作者、科研工作者"尽显性情"的另一面。

譬如，在《美味仙人掌》中，作者写道："仙人掌的生长方式极其多样：贫瘠荒凉的土壤里，乱石成堆的石缝中，紫外线强烈的阳光下，杂草丛生的树荫旁……环境越是恶劣，仙人掌越是顽强。有的仅几支孤零零地生长在一旁，有的一大片稠密无边地占满了土地，还有的像篱笆墙一样护卫着农田或家园……"文字富有文学性，富有形象感，富有音乐美，更富有哲思味，我们从中不仅能读到自然之美，更能体悟到人生况味。在《花之城》中，作者的笔触同样典雅考究，深具文字之美："这些鲜花品种多样、花色各异，有红色的、粉色的、黄色的、白色的……有的修剪齐整，有的成簇成丛，有的自然蔓延，形成一道道美丽的景观，不但可以为行人遮阳避雨，还能愉悦人们的心情。"

细读此书，还有许许多多的句子，既带有自然的光泽，又富含人性的温暖。"雨停之后，蓝天白云便会悄然而至，空气清新，阳光璀璨，令人神清气爽的好天气，又蹑手蹑脚地回到每一个人身边……""他们或成群结队行走，或三五人结伴骑车，或在公交车站等候，或安静交谈，或嬉戏打闹，或燕子般追逐，那情景就像一簇簇娇艳欲滴、斑斓多彩的花朵，在绿叶的陪衬下，飘浮、舞动在大街上，那绝对是城市街头一道靓丽的风景，瞬间装扮了这个世界。"……从这些别具一格、诗意盎然的语句中，我们可以读出一位博学多识的医学教授的审美情怀，而我，亦从中欣喜地发现了"汪曾祺式"的性灵与睿智。这样的"诗意"集结，对于作者自身，是一次梳理与总结；对于阅读者，则是一种美的享受。

三

明人董其昌曾云，"读万卷书，行万里路，胸中脱去尘浊，自然丘壑内营"，将中国古典知识分子知行合一、内心丰盈的状态一语道之。本书的作者刘剑波教授，完全称得上将这一理念踏实践行且扩而大之，他不仅拥有广博的专业知识、社会阅历，而且将中国人"修身齐家治国平天下""穷则独善其身，达则兼济天下"的仁者情怀，带出国门，播撒于广阔的非洲大地上。

从书稿可以看出，著作《白衣胜雪万里云——援助厄立特里亚医疗手记》科学而实用、专业而性灵，作者平等待人、仁心仁术的博爱情怀，更值得推而广之，光而大之。

今日而言，远在万里之外的非洲，对于为数不少的文艺人士们，意味着"诗与远方"，意味着异域风光，意味着遥远土地上的新鲜与稀奇，但是对于以刘剑波教授为代表的援非医务工作者，在尽享"诗与远方"的同时，还需要承担着祖国和人民的重托，承载着白衣天使们的博爱，他们以大爱无疆的胸怀，在万里之外的异国他乡，播撒着仁爱之心、医者泽光。

"德不孤，必有邻"，诗与远方，莫若大爱无疆，此之谓也。

作者简介

彭永强，1982年12月生于河南淮阳。中国作家协会会员，文学硕士。发表诗、文1500余首（篇），逾150万字。作品散见于《山花》《儿童文学》《星星》《阳光》《延河》《海燕》《散文百家》《中国青年作家报》《散文诗》《散文诗世界》《诗潮》《绿风》等。出版有著作《马桶上的思想者》《冰淇淋的眼泪》等。